JUAN JOSÉ ARREOLA

CONFA BULÁRIO

TRAD. IARA TIZZOT

TRADUÇÃO **IARA TIZZOT**
REVISÃO **TATIANA IKEDA**
CAPA E PROJETO GRÁFICO **FREDE TIZZOT**

© 1963, Juan José Arreola
Herederos de Juan José Arreola
Editorial Planeta Mexicana

© 2015, Editora Arte & Letra

Esta publicación fue realizada con el estímulo del Programa de Apoyo a laTraducción (PROTRAD) dependiente de instituciones culturales mexicanas.

Esta publicação foi realizada com o incentivo do Programa de Apoyo a laTraducción (PROTRAD) dependente de instituições culturais mexicanas.

A774c   Arreola, Juan José
          Confabulário / Juan José Arreola ; tradução Iara Tizzot. – Curitiba : Arte & Letra, 2015.

          168 p.

          ISBN 978-85-60499-70-0

          1. Literatura mexicana. 2. Conto. I. Tizzot, Iara. II.Título.

                                         CDU 821.134.2(72)

ARTE & LETRA EDITORA
Alameda Presidente Taunay, 130b. Batel
Curitiba - PR - Brasil / CEP: 80420-180
Fone: (41) 3223-5302
www.arteeletra.com.br - contato@arteeletra.com.br

SUMÁRIO

De memória e esquecimento — 5

CONFABULÁRIO

Parturient montes — 13
Em verdade vos digo — 17
O rinoceronte — 23
A aranha — 27
O guarda-chaves — 31
O discípulo — 41
Eva — 45
Rústico — 47
Sinésio de Rodes — 51
Monólogo do insubmisso — 55
O prodigioso miligrama — 59
Nabónides — 69
O farol — 73
In memoriam — 75
Baltasar Gérard — 79
Baby H. P. — 83
Anúncio — 87

De balística	**93**
Uma mulher amestrada	**105**
Pablo	**109**
Parábola da troca	**121**
Um pacto com o diabo	**127**
O convertido	**137**
O silêncio de Deus	**143**
Os alimentos terrestres	**151**
Uma reputação	**157**
Corrido	**161**
Carta a um sapateiro que consertou mal uns sapatos	**165**

DE MEMÓRIA E ESQUECIMENTO

Eu, senhores, sou de Zapotlán o Grande. Um povoado que de tão grande, há cem anos, nos chamaram de Cidade Gusmán. Mas nós continuamos sendo tão povoado que ainda o chamamos de Zapotlán. É um redondo vale de milho, um círculo de montanhas sem mais adorno que seu bom temperamento, um céu azul e uma lagoa que vem e vai como um sonho delicado. Desde maio até dezembro vê-se a altura parelha e crescente das plantações. Às vezes chamamos de Zaplotán de Orozco porque ali nasceu José Clemente, o dos pincéis violentos. Como conterrâneo seu, sinto que nasci ao pé de um vulcão. A propósito de vulcões, a orografia de meu povoado inclui outros dois monumentos além do pintor: o Nevado que se chama Colima, embora todo ele esteja em terras de Jalisco. Inativo, o gelo no inverno o decora. Mas o outro está vivo. Em 1912, cobriu-nos de cinzas e os velhos recordam com pavor esta ligeira experiência pompeiana: fez-se noite em pleno dia e todos acreditaram no Juízo Final. Para não ir mais longe, no ano passado ficamos assustados com aparecimentos de lava, rugidos e fumarolas. Atraídos pelo fenômeno, os geólogos vieram nos saudar, tomaram nossa temperatura e o pulso, nós os convidamos a uma taça de ponche de romã e nos tranquilizaram no plano científico: esta bomba que temos sob o travesseiro pode estourar talvez hoje de noite ou um dia qualquer dentro dos próximos dez mil anos.

Eu sou o quarto filho de uns pais que tiveram catorze e que vivem ainda para contar, graças a Deus. Como os senhores podem ver, não sou uma criança mimada. Na minha alma, Arreolas e Zúñigas disputam como cachorros sua antiga querela doméstica de incrédulos e devotos. Uns e outros parecem unir-se lá muito longe, em comum origem basca. Mas mestiços de última hora, correm em suas veias os sangues que fizeram o México, junto com o de uma monja francesa que entrou na história sabe-se lá por onde. Há histórias de família que é melhor não contar porque meu sobrenome se perde ou se ganha biblicamente entre os sefarditas da Espanha. Ninguém sabe se dom Juan Abad, meu bisavô, adotou Arreola para apagar uma última fama de convertido (Abad, de Abba, que é pai em aramaico). Não se preocupem, não vou plantar aqui uma árvore genealógica nem estender a artéria que me traga o sangue plebeu do copista de Cid, ou o nome da espúria Torre de Quevedo. Mas há nobreza em minha palavra. Palavra de honra. Procedo em linha reta de duas antiquíssimas linhagens: sou ferreiro por parte de mãe e carpinteiro a título paterno. Daí minha paixão artesanal pela linguagem.

Nasci no ano de 1918, no estrago da gripe espanhola, dia de São Mateus evangelista e Santa Ifigênia Virgem, entre galinhas, porcos, bodes, perus, vacas, burros e cavalos. Dei os primeiros passos seguido, precisamente, por um bode preto que fugiu do curral. Tal é o antecedente da angústia duradoura que dá cor à minha vida, que concretiza em mim a aura neurótica que envolve toda a minha família e que por sorte ou desgraça não chegou nunca a manifestar-se em epilepsia ou loucura. Esse sinistro bode preto ainda me persegue e sinto que meus passos tremem como os do troglodita perseguido por uma besta mitológica.

Como quase todas as crianças, eu também fui à escola. Não pude continuar nela por razões que, sim, vêm ao caso, mas que não posso contar: minha infância transcorreu em meio ao caos provinciano da Revolução Cristera. Fechadas as igrejas e os colégios católicos, eu, sobrinho de senhores padres e de freiras escondidas, não deveria assistir às aulas oficiais sob pena de heresia. Meu pai, um homem que sempre sabe encontrar uma saída nas ruas que não as têm, em vez de me enviar a um seminário clandestino ou a uma escola do governo, simplesmente me pôs para trabalhar. E assim, aos doze anos de idade entrei como aprendiz na oficina de dom José María Silva, mestre encadernador, e depois à imprensa do Chepo Gutiérrez. Daí nasce o grande amor que tenho pelos livros como objetos manuais. O outro, o amor aos textos, tinha nascido antes, por obra de um professor do primário a quem rendo homenagem: graças a José Ernesto Aceves soube que havia portas no mundo, além de comerciantes, pequenos industriais e agricultores. Aqui cabe uma explicação: meu pai, que sabe de tudo, lançou-se ao comércio, à indústria e à agricultura (sempre como pequeno), mas fracassou em tudo: tem alma de poeta.

Sou autodidata, é verdade. Mas aos doze anos e em Zapotlán o Grande li Baudelaire, Walt Whitman e os principais fundadores de meu estilo: Papini e Marcel Schwob, junto com meia centena de outros nomes mais e menos ilustres... Eu ouvia canções e os ditos populares e eu gostava muito da conversa da gente do campo.

Desde 1930 até hoje, desempenhei mais de vinte profissões e empregos diferentes... Fui vendedor ambulante e jornalista; carregador e caixa de banco. Impressor, comediante e padeiro. O que vocês quiserem.

Seria injusto se não mencionasse aqui o homem que mudou a minha vida. Louis Jouvet, a quem conheci em sua passagem por Guadalajara, levou-me a Paris há vinte e cinco anos. Essa viagem é um sonho que em vão tentaria reviver; pisei nos palcos da Comédia Francesa: escravo desnudo nas galeras de Antônio e Cleópatra, sob as ordens de Jean Louis Barrault e aos pés de Marie Bell.

Na minha volta da França, o Fundo de Cultura Econômica me acolheu em seu departamento técnico graças aos bons ofícios de Antônio Alatorre, que me fez passar por filólogo e gramático. Depois de três anos corrigindo provas de impressão, traduções e originais, passei a figurar no catálogo de autores (*Varia invención* apareceu em Tezontle, 1949).

Uma última confissão melancólica. Não tive tempo de praticar a literatura. Mas dediquei todas as horas possíveis para amá-la. Amo a linguagem acima de todas as coisas e venero os que mediante a palavra manifestaram o espírito, desde Isaías a Franz Kafka. Desconfio de quase toda a literatura contemporânea. Vivo rodeado por sombras clássicas e benévolas que protegem meu sonho de escritor. Mas também pelos jovens que farão a nova literatura mexicana: a eles delego a tarefa que não pude realizar. Para facilitá-la, conto-lhes todos os dias o que aprendi nas poucas horas em que minha boca esteve governada pelo outro. O que ouvi, um só instante, através da sarça ardente.

Ao empreender esta versão definitiva, Joaquín Díez-Canedo e eu nos pusemos de acordo para devolver a cada um de meus livros sua mais clara individualidade. Por acasos diversos, *Varia invención, Confabulario e Bestiario* se contaminaram entre si, a partir de 1949. (*La feria* é um caso à parte.) Agora cada um desses livros devolve aos outros o que é seu e recobra simultaneamente o próprio.

Este *Confabulário* fica com os contos maduros e aquilo que mais se lhes parece. A *Varia invención* irão os textos primitivos, já para sempre verdes. O *Bestiario* terá Prosódia de complemento, porque se trata de textos breves em ambos os casos: prosa poética e poesia prosaica. (Não me assustam os termos.)

E a quem finalmente importa se a partir do quinto volume destas obras completas ou não, tudo vai se chamar confabulário total ou memória e esquecimento? Só gostaria de apontar que confabulados ou não, o autor e seus leitores prováveis sejam a mesma coisa. Adição e subtração entre lembranças e esquecimentos, multiplicados por cada um.

CONFABULÁRIO

...mudo espio enquanto alguém voraz me observa.
CARLOS PELLICER

PARTURIENT MONTES

> *...nascetur ridiculas mus.*
> Horacio, Ad Pisones, 139.

Entre amigos e inimigos se difundiu a notícia de que eu sabia uma nova versão do parto dos montes. Em todas as partes me pediam que a mencionasse, dando mostras de uma expectativa que ultrapassa muito o interesse de semelhante história. Com toda a honestidade, uma e outra vez remeti a curiosidade do público aos textos clássicos e às edições de moda. Mas ninguém ficou contente: todos queriam ouvi-la de meus lábios. Da insistência cordial passavam, segundo seu temperamento, à ameaça, à coação e ao suborno. Alguns fleumáticos só fingiram indiferença para ferir meu amor próprio no mais íntimo. A ação direta teria que chegar cedo ou tarde.

Ontem fui assaltado em plena rua por um grupo de ressentidos. Fechando a minha passagem em todas as direções, pediram-me aos gritos o começo da história. Muitas pessoas que passavam distraídas também pararam, sem saber que iam fazer parte de um crime. Conquistadas sem dúvida por meu aspecto de charlatão comprometido, prestaram de boa vontade sua colaboração. De repente me vi rodeado por uma massa compacta.

Acuado e sem saída, fazendo uma total provisão de energia, propus-me acabar com meu prestígio de narrador. E aqui está o resultado. Com uma voz falseada pela emoção, trepado no meu banquinho de agente de trânsito que alguém pôs debaixo dos meus pés, começo a declamar as palavras de sempre, com os gestos de costume: "Em meio a terremotos e explosões, com grandiosos sinais de dor, desenraizando as árvores e desprendendo as rochas, aproxima-se um gigante advento. Vai nascer um vulcão? Um rio de fogo? Irá se lançar no horizonte uma nova e submersa estrela? Senhoras e senhores: As montanhas estão em trabalho de parto!"

O estupor e a vergonha afogam minhas palavras. Durante vários segundos prossigo o discurso à base de pura pantomima, como um maestro frente à orquestra emudecida. O fracasso é tão real e evidente, que algumas pessoas se comovem: "Bravo!", ouço que gritam por ali, animando-me a preencher a lacuna. Instintivamente levo as mãos à cabeça e aperto-a com todas as minhas forças, querendo apressar o fim do relato. Os espectadores adivinharam que se trata do rato lendário, mas simulam uma ansiedade doentia. Em torno de mim sinto palpitar um só coração.

Eu conheço as regras do jogo, e no fundo não gosto de decepcionar ninguém com uma saída de prestidigitador. Bruscamente me esqueço de tudo. Do que aprendi na escola e do que li nos livros. Minha mente está em branco. De boa fé e de mãos limpas, ponho-me a perseguir o rato. Pela primeira vez se produz um silêncio respeitoso. Apenas alguns assistentes participam em voz baixa aos recém chegados, certos antecedentes do drama. Eu estou realmente em transe e procuro por todas as partes o desenlace, como um homem que perdeu a razão.

Percorro meus bolsos um por um e os deixo virados, à vista do público. Tiro meu chapéu e o atiro imediatamente, descartando a ideia de tirar um coelho. Desfaço o nó de minha gravata e sigo adiante, deslizando na camisa, até que minhas mãos se detêm com horror nos primeiros botões da calça.

A ponto de cair desmaiado, salva-me o rosto de uma mulher que de repente se acende com resplandecente rubor. Firme no pedestal, ponho nela todas as minhas expectativas e a elevo à categoria de musa, esquecendo que as mulheres têm especial debilidade pelos temas escabrosos. A tensão chega nesse momento a seu máximo. Quem foi a alma caridosa que, ao dar-se conta de meu estado, avisou por telefone? A sirene da ambulância anuncia no horizonte uma ameaça definitiva.

No último instante, meu sorriso de alívio detém aos que sem dúvida pensavam em me linchar. Aqui, sob o braço esquerdo, no oco da axila, há um leve calor de ninho... Algo aqui se anima e se remexe... Suavemente, deixo cair o braço ao longo do corpo, com a mão encolhida como uma colher. E o milagre se produz. Pelo túnel da manga, desce uma migalha de vida. Levanto o braço e estendo a palma triunfal.

Suspiro e a multidão suspira comigo. Sem me dar conta, eu mesmo dou o sinal do aplauso e a ovação não se faz esperar. Rapidamente se organiza um desfile assombroso ante o rato recém-nascido. Os entendidos se aproximam e o olham por todos os lados, certificam-se de que respira e se mexe, nunca viram nada igual e me felicitam de todo o coração. Mal se distanciam uns passos e já começam as objeções. Duvidam, levantam os ombros e balançam a cabeça. Houve tramoia? É um rato de verdade? Para me tranquilizar, alguns entusiastas planejam levar-me em seus ombros, mas não passam disso. O público em geral vai se dispersando pouco a pouco. Extenuado pelo esforço e a ponto de ficar sozinho, estou disposto a ceder a criatura ao primeiro que me peça.

As mulheres temem, quase sempre, este tipo de roedores. Mas aquela cujo rosto resplandeceu entre todos, aproxima-se e reclama com timidez o entranhável fruto de fantasia. Enaltecido a mais não poder, eu o dedico imediatamente, e minha confusão não tem limites quando o guarda amorosa no seio.

Ao despedir-se e agradecer-me, explica o porquê de sua atitude, para que não haja más interpretações. Vendo-a tão confusa, escuto-a com enlevo. Tem um gato, me diz, e vive com seu marido em um apartamento de luxo. Simplesmente, propõe-se a fazer uma pequena surpresa para eles. Ninguém ali sabe o que significa um rato.

EM VERDADE VOS DIGO

Todas as pessoas interessadas em que o camelo passe pelo buraco da agulha, devem escrever seu nome na lista de patrocinadores do experimento Niklaus.

Desgarrado de um grupo de sábios mortíferos, desses que manipulam o urânio, o cobalto e o hidrogênio, Arpad Niklaus destina suas pesquisas atuais a um fim caritativo e radicalmente humanitário: a salvação da alma dos ricos.

Propõe um plano científico para desintegrar um camelo e fazê-lo passar em feixes de elétrons pelo buraco de uma agulha. Um aparelho receptor (muito semelhante a princípio à tela de televisão) organizará os elétrons em átomos, os átomos em moléculas e as moléculas em células, reconstruindo imediatamente o camelo segundo seu esquema primitivo. Niklaus já conseguiu mudar de lugar, sem tocá-la, uma gota de água pesada. Também pôde avaliar, até onde a discrição da matéria o permite, a energia quântica que dispara um casco de camelo. Parece-nos inútil constranger aqui o leitor com essa cifra astronômica.

A única dificuldade séria em que tropeça o professor Niklaus é a carência de uma planta atômica própria. Tais instalações, extensas como cidades, são incrivelmente caras. Mas um comitê especial já se ocupa em solucionar o problema econômico mediante uma coleta universal. As primeiras contribuições, ainda um pouco tímidas, servem para custear a edição de milhares de folhetos, bônus e prospectos explicativos, bem como para assegurar ao professor Niklaus o modesto salário que lhe permite prosseguir seus cálculos e pesquisas teóricas, enquanto se edificam os imensos laboratórios.

Até o presente momento, o comitê só conta com o camelo e a agulha. Como as sociedades protetoras dos animais aprovam o projeto, que é inofensivo e até saudável para qualquer camelo (Niklaus fala de uma provável regeneração de todas as células), os parques zoológicos do país já ofereceram uma verdadeira caravana. Nova Iorque não vacilou em expor seu famosíssimo dromedário branco.

No que toca à agulha, Arpad Niklaus se mostra muito orgulhoso, e a considera pedra angular da experiência. Não é uma agulha qualquer, mas um maravilhoso objeto dado à luz por seu laborioso talento. À primeira vista poderia ser confundida com uma agulha comum e corriqueira. A senhora Niklaus, dando mostra de fino humor, deleita-se cerzindo com ela a roupa de seu marido. Mas seu valor é infinito. Foi feita de um portentoso metal ainda não classificado, cujo símbolo químico, apenas insinuado por Niklaus, parece dar a entender que se trata de um corpo composto exclusivamente de isótopos de níquel. Esta substância misteriosa deu muito que pensar aos homens de ciência. Não faltou quem sustentasse a hipótese risível de ósmio sintético ou de um molibdênio aberrante, ou quem se atreva a proclamar publicamente as palavras de um professor invejoso que assegurou haver reconhecido o metal de Niklaus sob a forma de pequeníssimos grumos cristalinos enquistados em densas massas de siderita. O que se sabe à ciência certa é que a agulha de Niklaus pode resistir à fricção de um feixe de elétrons à velocidade ultracósmica. Em uma dessas explicações tão gratas aos abstrusos matemáticos, o professor Niklaus compara o camelo em seu trânsito com um fio de aranha. Diz-nos que se aproveitarmos esse fio para tecer uma teia, precisaríamos de todo esse espaço sideral para estendê-la, e que as estrelas visíveis e invisíveis ficariam aí presas como gotas de orvalho. A meada em questão mede milhões de anos luz, e Niklaus oferece enrolá-la em uns três quintos de segundo. Como se pode ver, o projeto é de todo viável e até diríamos que peca por científico. Conta já com a simpatia e o apoio moral (embora não confirmado oficialmente) da Liga Interplanetária que preside em Londres o eminente Olaf Stapledon.

Em vista da natural expectativa e ansiedade que a oferta de Niklaus vem provocando em todas as partes, o comitê manifesta um especial interesse chamando a atenção de todos os poderosos da terra, a fim de não se deixarem surpreender pelos charlatães que estão passando camelos mortos através de sutis orifícios. Estes indivíduos, que não titubeiam ao chamarem-se homens de ciência, são simples caloteiros à caça de esperançosos incautos. Procedem de um modo sumamente vulgar, dissolvendo o camelo em soluções cada vez mais leves de ácido sulfúrico. Depois destilam o líquido pelo buraco da agulha, mediante uma clepsidra de vapor, e creem haver realizado o milagre. Como se pode ver, o experimento é inútil e de nada serve financiá-lo. O camelo deve estar vivo antes e depois do impossível traslado.

Em vez de derreter toneladas de velas e de gastar o dinheiro em obras de caridade, as pessoas interessadas na vida eterna que possuam um capital que esteja estorvando, devem patrocinar a desintegração do camelo, que é científica, vistosa e em última instância lucrativa. Falar de generosidade em um caso semelhante parece de todo desnecessário. Há que fechar os olhos e abrir a bolsa com amplitude, sabendo que todos os gastos serão cobertos a "pro rata". O prêmio será igual para todos os contribuintes: o que é urgente é aproximar o máximo possível a data de entrega.

O montante de capital necessário não poderá ser conhecido até o imprevisível final, e o professor Niklaus, com toda a honestidade, nega-se a trabalhar com uma estimativa que não seja fundamentalmente elástica. Os assinantes devem cobrir com paciência e durante anos suas cotas de investimento. Há necessidade de contratar milhares de técnicos, gerentes e operários. Devem ser fundados subcomitês regionais e nacionais. E o estatuto de um colégio de sucessores do professor Niklaus, não apenas deve ser previsto, como estimado em detalhe, já que a tentativa pode se estender razoavelmente durante várias gerações. A esse respeito nunca é demais apontar a idade provecta do sábio Niklaus.

Como todos os propósitos humanos, o experimento Niklaus oferece dois prováveis resultados: o fracasso e o êxito. Além de simplificar o problema da salvação pessoal, o êxito de Niklaus converterá os empresários de tão mística experiência em acionistas de uma fabulosa companhia de transportes. Será muito fácil desenvolver a desintegração dos seres humanos de um modo prático e econômico. Os homens de amanhã viajarão através de grandes distâncias, em um instante e sem perigo, dissolvidos em lufadas eletrônicas. Mas a possibilidade de um fracasso é ainda mais atraente. Se Arpad Niklaus é um fabricante de sonhos e à sua morte se segue toda uma estirpe de impostores, sua obra humanitária não fará mais que aumentar em grandeza, como uma progressão geométrica, ou como o tecido de galinha cultivado por Carrel. Nada impedirá que passe para a história como o glorioso fundador da desintegração universal de capitais. E os ricos, empobrecidos em série pelas exauridas aplicações, entrarão facilmente no reino dos céus pela porta mais estreita (o buraco da agulha), ainda que um camelo não passe.

O RINOCERONTE

Durante dez anos lutei com um rinoceronte; sou a esposa divorciada do juiz McBride.

Joshua McBride me possuiu durante dez anos com imperioso egoísmo.

Conheci seus arrebatamentos de furor, sua ternura momentânea e, nas altas horas da madrugada, sua luxúria insistente e cerimoniosa.

Renunciei ao amor antes de saber o que era, porque Joshua me demonstrou com alegações judiciais que o amor é só uma história que serve para entreter as criadas. Ofereceu-me em troca sua proteção de homem respeitável. A proteção de homem respeitável é, segundo Joshua, a máxima ambição de toda mulher.

Dez anos lutei corpo a corpo com o rinoceronte, e meu único triunfo consistiu em arrastá-lo ao divórcio.

Joshua McBride casou de novo, mas desta vez se enganou na escolha. Buscando outra Elinor, foi dar com a sua alma gêmea. Pamela é romântica e doce, mas sabe o segredo que ajuda a vencer os rinocerontes. Joshua McBride ataca de frente, mas não pode virar-se com rapidez. Quando alguém se coloca de repente a suas costas, tem que girar para voltar a atacar. Pamela o pegou pelo rabo e não o solta e o sacode. De tanto girar, o juiz começa a dar mostras de fatiga, cede e amolece. Tornou-se mais lento e opaco em seus furores; seus discursos perdem veracidade, como em lábios de um ator desconcertado, sua cólera não sai já à superfície. É como um vulcão subterrâneo, com Pamela sentada em cima, sorridente. Com Joshua, eu naufragava no mar; Pamela flutua como um barquinho de papel em uma bacia. É filha de um Pastor prudente e vegetariano que lhe ensinou a maneira de conseguir que os tigres se tornem também vegetarianos e prudentes.

Há pouco vi Joshua na igreja, ouvindo devotadamente os ofícios dominicais. Está encolhido e comprimido. Parece que Pamela, com suas duas mãos frágeis, esteve reduzindo seu volume e dobrando sua espinha. Sua palidez de vegetariano lhe dá um suave aspecto de enfermo.

As pessoas que visitam os McBride me contam coisas surpreendentes. Falam de umas comidas incompreensíveis, de almoços e jantares sem rosbife; descrevem-me Joshua devorando enormes travessas de salada. Naturalmente, de tais alimentos não pode extrair as calorias que davam energia a suas antigas cóleras. Seus pratos favoritos têm sido metodicamente alterados ou suprimidos por implacáveis e austeras cozinheiras. O patagrás e o gorgonzola já não envolvem em sua gordurosa pestilência o carvalho esfumado da sala de jantar. Foram trocados por insípidos cremes e queijos sem cheiro que Joshua come em silêncio, como um menino castigado. Pamela, sempre amável e sorridente, apaga o charuto de Joshua pela metade, raciona o tabaco do seu cachimbo e restringe seu uísque.

Isto é o que me contam. Sinto prazer em imaginar os dois sozinhos, jantando na mesa estreita e comprida, sob a luz fria dos candelabros. Vigiado pela sábia Pamela, Joshua o glutão absorve colérico seus leves manjares. Mas, sobretudo, eu gosto de imaginar o rinoceronte em pantufas, com o grande corpo informe sob o roupão, chamando a altas horas da madrugada, tímido e persistente, frente a uma porta obstinada.

A ARANHA

A aranha perambula livremente pela casa, mas minha capacidade de horror não diminui.

O dia em que Beatriz e eu entramos naquela barraca imunda da feira de rua, dei-me conta de que a repulsiva alimária era o mais atroz que o destino podia me apresentar.

Pior que o despezo e a comiseração brilhando de repente em uma clara mirada.

Uns dias mais tarde, voltei para comprar a aranha, e o surpreso saltimbanco me deu algumas informações sobre seus costumes e sua alimentação estranha.

Então compreendi que tinha nas mãos, de uma vez por todas, a ameaça total, a máxima dose de terror que meu espírito podia suportar. Lembro meu passo trêmulo, vacilante, quando de volta para minha casa sentia o peso leve e denso da aranha, esse peso do qual podia descontar, com segurança, o da caixa de madeira em que a levava como se fossem dois pesos totalmente diferentes: o da madeira inocente e o do animal impuro e peçonhento que tirava de mim um lastro definitivo. Dentro daquela caixa ia o inferno pessoal que instalaria em minha casa para destruir, para anular o outro, o descomunal inferno dos homens.

A noite memorável em que soltei a aranha em meu apartamento e a vi correr como um caranguejo e esconder-se embaixo de um móvel, foi o princípio de uma vida indescritível. Desde então, cada um dos instantes de que disponho foi percorrido pelos passos da aranha, que enche minha casa com sua presença invisível.

Todas as noites tremo na espera da picada mortal. Muitas vezes desperto com o corpo gelado, tenso, imóvel, porque o sonho criou para mim, com precisão, o passo que faz cócegas da aranha sobre minha pele, seu peso indefinível, sua consistência de entranha.

No entanto, sempre amanhece. Estou vivo e minha alma inutilmente se prepara e se aperfeiçoa.

Há dias em que penso que a aranha desapareceu, que se extraviou ou que morreu. Mas não faço nada para comprová-lo. Deixo sempre que o acaso me volte a pôr frente a ela, ao sair do banho, ou enquanto me dispo para jogar-me na cama. Às vezes o silêncio da noite me traz o eco de seus passos, que aprendi a ouvir, embora saiba que são imperceptíveis.

Muitos dias encontro intacto o alimento que deixei na véspera. Quando desaparece, não sei se o devorou a aranha ou algum outro inocente hóspede da casa. Cheguei a pensar também que talvez eu esteja sendo vítima de uma fraude e que me acho à mercê de uma falsa aranha. Talvez o saltimbanco tenha me enganado, fazendo-me pagar um alto preço por um inofensivo e repugnante escaravelho.

Mas na realidade isto não tem importância, porque eu consagrei a aranha com a certeza de minha morte prorrogada. Nas horas mais agudas da insônia, quando me perco em conjeturas e nada me tranquiliza, a aranha costuma me visitar.

Passeia complicadamente pelo quarto e trata de subir com torpeza as paredes. Detém-se, levanta sua cabeça e move os palpos. Parece farejar, agitada, um invisível companheiro. Então, estremecido na minha solidão, encurralado pelo pequeno monstro, lembro que em outros tempos eu sonhava com Beatriz e com sua companhia impossível.

O GUARDA-CHAVES

O forasteiro chegou sem fôlego à estação deserta. Sua grande valise, que ninguém quis carregar, lhe havia fatigado ao extremo. Enxugou o rosto com um lenço, e com a mão protegendo os olhos viu os trilhos que se perdiam no horizonte. Desalentado e pensativo consultou seu relógio: a hora exata que o trem ia partir.

Alguém, saído sabe-se lá de onde, bateu em seu ombro suavemente. Ao virar-se, viu-se diante de um velhinho de vago aspecto ferroviário. Levava na mão uma lanterna vermelha, mas tão pequena que parecia de brinquedo. Olhou sorrindo o viajante, que lhe perguntou com ansiedade:

— Com licença, o trem já partiu?

— O senhor está há pouco tempo neste país?

— Preciso sair imediatamente. Devo estar em T. amanhã mesmo.

— Bem se vê que o senhor ignora as coisas por completo. O que deve fazer agora mesmo é buscar alojamento na pensão para viajantes – e apontou para um estranho edifício cinzento que mais parecia um presídio.

— Mas eu não quero hospedar-me, e sim ir embora de trem.

— Alugue um quarto imediatamente, se é que ainda tem. No caso de consegui-lo, contrate-o por um mês, sairá mais barato e receberá melhor atenção.

— O senhor está louco? Eu tenho que estar em T. amanhã mesmo.

— Francamente, eu deveria abandoná-lo a sua própria sorte. No entanto, lhe darei umas informações.

— Por favor...

— Este país é famoso por suas ferrovias, como o senhor sabe. Até agora não foi possível organizá-las devidamente, mas foram feitas já grandes coisas no que se refere à publicação de itinerários e à expedição de passagens. As guias ferroviárias abarcam e enlaçam todos os povoados da nação; emitem-se passagens até para as aldeias mais remotas e pequenas. Falta somente que os comboios cumpram as indicações contidas nas guias e que passem efetivamente pelas estações. Os habitantes do país assim esperam; enquanto isso, aceitam as irregularidades do serviço e seu patriotismo lhes impede qualquer manifestação de desagrado.

— Mas existe um trem que passe por esta cidade?

— Afirmá-lo equivaleria a cometer uma inexatidão. Como o senhor pode ver, os trilhos existem, embora um tanto avariados. Em alguns povoados, estão simplesmente indicados no solo, mediante linhas de giz. Dadas as condições atuais, nenhum trem tem obrigação de passar por aqui, mas nada impede que isso possa acontecer. Eu já vi passar muitos trens em minha vida e conheci alguns viajantes que puderam embarcar. Se o senhor esperar convenientemente, talvez eu mesmo tenha a honra de ajudá-lo a subir a um bonito e confortável vagão.

— Esse trem me levará a T.?

— E por que o senhor se empenha em que há de ser precisamente a T.? Deveria dar-se por satisfeito se puder embarcar. Uma vez no trem, sua vida tomará efetivamente algum rumo. Que importa se esse rumo não é o de T.?

— É que eu tenho uma passagem para ir a T. Logicamente, devo ser conduzido a esse lugar, não é assim?

— Qualquer um diria que o senhor tem razão. Na pensão para viajantes o senhor poderá falar com pessoas que tomaram suas precauções adquirindo grande quantidade de passagens. Geralmente, as pessoas prevenidas compram passagens para todos os pontos do país. Há quem tenha gasto em passagens uma verdadeira fortuna...

— Eu achei que para ir a T. bastaria uma passagem. Veja só...

— O próximo trecho das ferrovias nacionais vai ser construído com o dinheiro de uma só pessoa que acaba de gastar seu imenso capital em passagens de ida e volta para um trajeto ferroviário cujos projetos, que incluem extensos túneis e pontes, nem sequer foram aprovados pelos engenheiros da empresa.

— Mas o trem que passa por T., já está em serviço?

— E não só esse. Em realidade, há muitíssimos trens na nação, e os viajantes podem utilizá-los com relativa frequência, mas levando em conta que não se trata de um serviço formal e definitivo. Em outras palavras, ao subir em um trem, ninguém espera ser conduzido ao lugar que deseja.

— Como assim?

Em seu desejo de servir aos cidadãos, a empresa teve que recorrer a certas medidas desesperadas. Faz circular trens por lugares intransitáveis. Esses comboios expedicionários empregam às vezes vários anos em seu trajeto, e a vida dos viajantes sofre algumas transformações importantes. Os falecimentos não são raros em tais casos, mas a empresa, que tudo tem previsto, acresce a esses trens um vagão capela e um vagão cemitério. É motivo de orgulho para os condutores depositar o cadáver de um viajante - luxuosamente embalsamado – nas plataformas da estação que sua passagem indica. Em algumas ocasiões, estes trens forçados percorrem trajetos em que falta um dos trilhos. Todo um lado dos vagões estremece lamentavelmente com os golpes que dão as rodas sobre os dormentes. Os viajantes de primeira – é outra das previsões da empresa – colocam-se do lado em que há trilho. Os de segunda suportam os golpes com resignação. Porém há outros trechos em que faltam ambos os trilhos; ali os viajantes sofrem por igual, até que o trem fica totalmente destruído.

— Santo Deus!

— Veja, a aldeia de F. surgiu por causa de um desses acidentes. O trem foi dar em um terreno impraticável. Lixadas pela areia, as rodas se gastaram até os eixos. Os viajantes passaram tanto tempo juntos, que das obrigadas conversações triviais surgiram amizades estreitas. Algumas dessas amizades se transformaram logo em idílios, e o resultado foi F., uma aldeia progressista cheia de crianças travessas que brincam com os vestígios mofados do trem.

— Meu Deus, não estou pronto para tais aventuras!

— O senhor precisa ir amansando seu ânimo; talvez chegue a se converter em herói. Não pense que faltem ocasiões para que os viajantes demonstrem suas coragens e suas capacidades de sacrifício. Recentemente duzentos passageiros anônimos escreveram uma das páginas mais gloriosas em nossos anais ferroviários. Acontece que em uma viagem de teste o maquinista percebeu a tempo uma grave omissão dos construtores da linha. Na rota faltava a ponte que devia transpor um abismo. Pois bem, o maquinista, em vez de dar marcha à ré, convenceu os passageiros e conseguiu deles o esforço necessário para seguir adiante.

Sob sua enérgica direção, o trem foi desmontado peça por peça e levado nos ombros ao outro lado do abismo, que ainda reservava a surpresa de conter em seu fundo um rio caudaloso. O resultado da façanha foi tão satisfatório que a empresa renunciou definitivamente à construção da ponte, conformando-se em fazer um atrativo desconto nas tarifas dos passageiros que se atrevem a enfrentar esse incômodo suplementar.

— Mas eu devo chegar a T. amanhã mesmo!

— Muito bem! Fico feliz que não abandone seu projeto. Bem se vê que o senhor é um homem de convicções. Hospede-se logo na pensão e pegue o primeiro trem que passar. Trate de fazê-lo o quanto antes; mil pessoas estarão prontas para impedi-lo. Ao chegar um comboio, os viajantes, irritados por uma espera excessivamente longa, saem da pensão em tumulto para invadir ruidosamente a estação. Muitas vezes provocam acidentes com sua incrível falta de cortesia e de prudência. Em vez de subir ordenadamente esmagam-se uns aos outros; pelo menos impedem para sempre o embarque, e o trem vai embora deixando-os amotinados na plataforma. Os viajantes, esgotados e furiosos, amaldiçoam sua falta de educação, e passam muito tempo brigando e insultando uns aos outros.

— E a polícia não intervém?

— Tentou-se organizar um corpo de polícia em cada estação, mas a imprevisível chegada dos trens tornava tal serviço inútil e custoso. Além disso, os membros desse corpo demonstraram rapidamente sua venalidade, dedicando-se a proteger a saída exclusiva de passageiros ricos que lhes davam em troca dessa ajuda tudo que tinham. Ficou resolvido, então, o estabelecimento de um tipo especial de escolas, onde os futuros viajantes recebem lições de civilidade e um treinamento adequado. Ali é ensinada a maneira correta de subir em um trem, ainda que este esteja em movimento e em alta velocidade. Também é proporcionada uma espécie de armadura para evitar que os demais passageiros lhes quebrem as costelas.

— Mas uma vez no trem, o passageiro está protegido de novas contingências?

— Relativamente. Só lhe recomendo que preste bem atenção nas estações. Poderia acontecer de o senhor pensar ter chegado em T., e ser somente uma ilusão. Para regular a vida a bordo dos vagões extremamente cheios, a empresa se vê obrigada a lançar mão de certos expedientes. Há estações que são pura aparência: foram construídas em plena selva e levam o nome de alguma cidade importante. Mas basta prestar um pouco de atenção para descobrir o engano. São como as decorações do teatro, e as pessoas que figuram nelas estão cheias de serragem. Esses bonecos revelam facilmente os estragos da intempérie, mas são, às vezes, uma perfeita imagem da realidade: têm no rosto sinais de um cansaço infinito.

— Por sorte T. não está muito longe daqui.

— Mas no momento carecemos de trens diretos. No entanto não se deve excluir a possibilidade de que o senhor chegue amanhã mesmo, tal como deseja. A organização das ferrovias, ainda que deficiente, não exclui a possibilidade de uma viagem sem escalas. Veja só, há pessoas que nem sequer se deram conta do que se passa. Compram um bilhete para ir a T. Vem um trem, sobem, e no dia seguinte ouvem que o condutor anuncia: "Chegamos a T." Sem tomar precaução alguma os viajantes descem e se encontram efetivamente em T.

— Eu poderia fazer alguma coisa para facilitar esse resultado?

— Claro que pode. O que não se sabe é se servirá de algo. Mas tente assim mesmo. Suba no trem com a ideia fixa de que chegará a T. Não se relacione com nenhum passageiro. Poderiam decepcioná-lo com suas histórias de viagem, e até denunciá-lo às autoridades.

— O que o senhor está dizendo?

— Em virtude do estado atual das coisas, os trens viajam cheios de espiões. Estes espiões, voluntários em sua maioria, dedicam sua vida a fomentar o espírito construtivo da empresa. Às vezes alguém não sabe o que diz e fala só por falar. Mas eles se dão conta em seguida de todos os sentidos que podem ter uma frase, por mais simples que seja. Do comentário mais inocente sabem tirar uma opinião condenável. Se o senhor chegasse a cometer a menor imprudência, seria preso sem mais explicações; passaria o resto de sua vida em um vagão presídio ou obrigariam o senhor a descer em uma falsa estação perdida na selva. Viaje cheio de fé, consuma a menor quantidade possível de alimentos e não ponha os pés na plataforma antes de ver alguma cara conhecida em T.

— Mas eu não conheço ninguém em T.

— Nesse caso, redobre suas precauções. Terá, eu lhe asseguro, muitas tentações no caminho. Se o senhor olha pelas janelinhas, está exposto a cair na armadilha de uma miragem. As janelinhas estão preparadas com engenhosos dispositivos que criam toda espécie de ilusão no ânimo dos passageiros. Não é preciso ser fraco para cair nelas. Certos aparelhos, operados desde a locomotiva, fazem crer, pelo ruído e movimentos, que o trem está em marcha. No entanto, o trem permanece detido semanas inteiras, enquanto os viajantes veem passar cativantes paisagens através dos vidros.

— E isso tem qual objetivo?

— Tudo isso é a empresa que faz com o saudável propósito de diminuir a ansiedade dos viajantes e de anular de todo as sensações de traslado. Aspira-se a que um dia se entreguem plenamente ao acaso, em mãos de uma empresa onipotente, e que já não lhes importe saber aonde vão nem de onde vêm.

— E o senhor viajou muito nos trens?

— Eu, senhor, sou só guarda-chaves. E para dizer a verdade, sou um guarda-chaves aposentado, e só apareço aqui de vez em quando para me lembrar dos bons tempos. Nunca viajei, nem tenho vontade de fazê-lo. Mas os viajantes me contam histórias. Sei que os trens criaram muitos povoados além da aldeia F. cuja origem lhe mencionei. Acontece às vezes que os tripulantes de um trem recebem ordens misteriosas. Convidam os passageiros para que desçam dos vagões, geralmente com o pretexto de que admirem as belezas de um determinado lugar. Falam a eles de grutas, de cachoeiras ou de ruínas célebres. "Quinze minutos para que admirem a gruta tal", diz amavelmente o condutor. Uma vez que os passageiros estão a certa distância, o trem escapa a todo o vapor.

— E os viajantes?

— Vagam desconcertados de um lugar a outro durante algum tempo, mas acabam se agrupando e se estabelecendo em colônia. Estas paradas intempestivas são feitas em lugares adequados, muito longe de toda civilização e com riquezas naturais suficientes. Ali se abandonam lotes seletos, de gente jovem e, sobretudo, com mulheres em abundância. O senhor não gostaria de passar seus últimos dias em um pitoresco lugar, em companhia de uma mocinha?

O velhinho sorridente deu uma piscada e ficou olhando o viajante, cheio de bondade e de malícia. Nesse momento se ouviu um apito ao longe. O guarda-chaves deu um salto e se pôs a fazer sinais ridículos e desordenados com sua lanterna.

— É o trem? – perguntou o forasteiro.

O ancião começou a correr pela via férrea, atrevidamente. Quando estava a certa distância, virou-se para gritar:

— O senhor tem sorte! Amanhã chegará a sua famosa estação. Como disse que se chama?

— X! - contestou o viajante.

Nesse momento o velhinho se dissolveu na clara manhã. Mas o ponto vermelho da lanterna seguiu correndo e saltando entre os trilhos, imprudentemente, ao encontro do trem.

Ao fundo da paisagem, a locomotiva se acercava como uma ruidosa aparição.

O DISCÍPULO

De tecido negro, com arminho nas bordas e com grossas presilhas de prata e de ébano, o gorro de Andrés Salaino é o mais bonito que já vi. O professor o comprou de um comerciante veneziano e é realmente digno de um príncipe. Para não me ofender, parou ao passar pelo Mercado Velho e escolheu este boné de feltro cinza. Depois, querendo comemorar a estreia, nos pôs de modelo um ao outro.

Dominado meu ressentimento, desenhei uma cabeça de Salaino, o melhor que saiu de minha mão. Andrés aparece desvairado com seu lindo gorro e com o gesto altaneiro que passeia pelas ruas de Florença, acreditando aos dezoito anos ser um mestre da pintura. Por sua vez, Salaino me retratou com o ridículo boné e com ar de um camponês recém-chegado de San Sepolcro. O professor celebrou alegremente nosso trabalho, e ele mesmo sentiu vontade de desenhar. Dizia: "Salaino sabe rir e não caiu na armadilha". E depois, dirigindo-se a mim: "Você continua acreditando na beleza. Muito caro pagará por isso. Não falta em seu desenho uma linha, mas sobram muitas. Traga-me um papel. Ensinarei a vocês como se destrói a beleza".

Com um lápis de carvão traçou o esboço de uma bela figura: o rosto de um anjo, talvez de uma linda mulher.

Disse-nos: "Olhem, aqui está nascendo a beleza. Estes dois ocos sombrios são seus olhos; estas linhas imperceptíveis, a boca. O rosto inteiro carece de contorno. Esta é a beleza".

E, depois, com uma piscada: "Acabemos com ela". E em pouco tempo, deixando cair umas linhas sobre outras, criando espaços de luz e de sombras, fez de memória diante de meus olhos maravilhados o retrato de Gioia. Os mesmos olhos escuros, o mesmo rosto oval, o mesmo imperceptível sorriso. Quando eu estava mais embelezado, o professor interrompeu seu trabalho e começou a rir de maneira estranha. "Acabamos com a beleza", disse. "Já não fica nada senão esta infame caricatura". Sem compreender, eu seguia contemplando aquele rosto esplêndido e sem segredos. De repente, o professor rasgou em dois o desenho e jogou os pedaços no fogo da lareira. Fiquei imóvel e pasmo. E então ele fez algo que nunca poderei esquecer nem perdoar. Normalmente tão silencioso, pôs-se a rir com um riso odioso, frenético. "Anda, rápido, salva sua senhora do fogo!" E pegou minha mão direita e revolveu com ela as frágeis cinzas da folha de cartolina. Vi pela última vez sorrir o rosto de Gioia entre as chamas.

Com minha mão escaldada chorei silencioso, enquanto Salaino comemorava ruidosamente a pesada brincadeira do professor.

Mas continuo acreditando na beleza. Não serei um grande pintor, e em vão esqueci em San Sepolcro as ferramentas de meu pai. Não serei um grande pintor, e Gioia casará com o filho de um comerciante. Mas continuo acreditando na beleza.

Transtornado, saio da oficina e vago ao acaso pelas ruas. A beleza está em torno de mim, e chove ouro e azul sobre Florença. Vejo-a nos olhos escuros de Gioia, e no porte arrogante de Salaino, alucinado com seu gorro de miçangas. E nas margens do rio paro para contemplar minhas duas mãos ineptas.

A luz cede pouco a pouco e o Campanile recorta no céu seu perfil sombrio. A paisagem de Florença escurece lentamente, como um desenho sobre o qual se acumulam muitas linhas. Um sino deixa cair o começo da noite.

Assustado, apalpo meu corpo e me ponho a correr temeroso de dissolver-me no crepúsculo.

Nas últimas nuvens creio distinguir o sorriso frio e desencantado do professor, que gela meu coração. E volto a caminhar lentamente, cabisbaixo, pelas ruas cada vez mais sombrias, seguro de que vou me perder no esquecimento dos homens.

EVA

 Ele a perseguia através da biblioteca entre mesas, cadeiras e grandes estantes. Ela escapava falando dos direitos da mulher, infinitamente violados. Cinco mil anos absurdos os separavam. Durante cinco mil anos ela tinha sido inexoravelmente humilhada, postergada, reduzida à escravidão. Ele tratava de justificar-se por meio de um rápido e fragmentário louvor pessoal, dito com frases entrecortadas e trêmulos trejeitos.

 Em vão ele buscava os textos que podiam dar apoio a suas teorias. A biblioteca especializada em literatura espanhola dos séculos XVI e XVII era um dilatado arsenal inimigo, que glosava o conceito da honra e algumas atrocidades dessa mesma laia.

 O jovem citava infatigavelmente a J. J. Bachofen, o sábio que todas as mulheres deveriam ler, porque lhes devolveu a grandeza de seu papel na pré-História.

 Se seus livros estivessem à mão, ele teria posto a moça diante do quadro daquela civilização obscura, regida pela mulher, quando a terra tinha em todas as partes uma recôndita umidade de entranha e o homem tratava de levantar-se dela em palafitas.

 Mas à moça todas estas coisas a deixavam fria. Aquele período matriarcal, por desgraça no histórico e apenas comprovável, parecia aumentar seu ressentimento. Escapava-se sempre de prateleira em prateleira, subia às vezes as escadinhas e constrangia o jovem sob uma chuva de afrontas. Por sorte, na derrota, algo acudiu em auxílio do jovem. Lembrou-se de repente de Heinz Wólpe. Sua voz adquiriu, citando este autor, um novo e poderoso acento.

"No princípio só havia um sexo, evidentemente feminino, que se reproduzia automaticamente. Um ser medíocre começou a surgir em forma esporádica, levando uma vida precária e estéril frente à maternidade formidável. No entanto, pouco a pouco foi se apropriando de certos órgãos essenciais. Houve um momento em que se fez imprescindível. A mulher se deu conta, muito tarde, de que lhe faltavam já a metade de seus elementos e teve necessidade de buscá-los no homem, que foi homem em virtude dessa separação progressista e desse regresso acidental a seu ponto de origem".

A tese de Wólpe seduziu a moça. Olhou para o jovem com ternura. "O homem é um filho que se comportou mal com sua mãe através de toda a história", disse quase com lágrimas nos olhos.

Perdoou-o, perdoando a todos os homens. Seu olhar perdeu resplendores, baixou os olhos como uma madona. Sua boca, endurecida antes por desprezo, fez-se branda e doce como um fruto. Ele sentia brotar de suas mãos e de seus lábios carícias mitológicas. Aproximou-se de Eva tremendo e Eva não fugiu.

E ali na biblioteca, naquele cenário complicado e negativo, ao pé dos volumes de prolixa literatura, iniciou-se o episódio milenar, à semelhança da vida nas palafitas.

RÚSTICO

Ao virar a cabeça sobre o lado direito para dormir o último, breve e leve sono da manhã, dom Fulgêncio teve que fazer um grande esforço e chifrou o travesseiro. Abriu os olhos. O que até então foi uma ligeira suspeita, virou certeza pontiaguda.

Com um poderoso movimento do pescoço dom Fulgêncio levantou a cabeça, e o travesseiro voou pelos ares. Em frente ao espelho, não pôde ocultar sua admiração, convertido em um soberbo exemplar de touro com a nuca encaracolada e esplêndidas aspas. Profundamente inseridos na testa, os chifres eram embranquecidos na sua base, marmorizados na metade e de um preto acentuado nos extremos.

A primeira coisa que ocorreu a dom Fulgêncio foi experimentar o chapéu. Contrariado, teve que jogá-lo para trás: isso lhe dava um certo ar de fanfarrão.

Como ter chifres não é uma razão suficiente para que um homem metódico interrompa o curso de suas ações, dom Fulgêncio começou a tarefa de seu cuidado pessoal com os ornamentos, com minucioso esmero, dos pés à cabeça. Depois de lustrar os sapatos, dom Fulgêncio escovou ligeiramente seus chifres, já por si só resplandecentes.

Sua mulher lhe serviu o café da manhã com tato refinado. Nem um só gesto de surpresa, nem a mais mínima alusão que pudesse ferir o marido nobre e audacioso. Apenas uma suave e receosa olhada por um instante, como se não se atrevesse a pousá-la nas afiadas pontas.

O beijo na porta foi como o dardo da divisa. E dom Fulgêncio saiu para a rua escoiceando, disposto a lançar-se contra sua nova vida. As pessoas o cumprimentavam como de costume; mas ao dar-lhe passagem na calçada, um jovenzinho, dom Fulgêncio percebeu um giro cheio de gestos de toureiro. E uma velha que voltava da missa deu-lhe uma dessas olhadas estupendas, maliciosa e desdobrada como uma comprida serpentina. Quando o ofendido quis ir contra ela, a danada entrou em sua casa como o matador de touros detrás da barreira na tourada. Dom Fulgêncio deu um golpe contra a porta, fechada imediatamente, que lhe fez ver estrelas. Longe de ser uma aparência, os chifres tinham que ver com a última derivação de seu esqueleto. Sentiu o choque e a humilhação até a ponta dos pés.

Por sorte a profissão de dom Fulgêncio não sofreu nenhuma desonra nem decadência. Os clientes o procuravam entusiasmados, porque sua agressividade se fazia cada vez mais patente no ataque e na defesa. De terras distantes vinham os litigantes para buscar patrocínio de um advogado com chifres.

Mas a vida tranquila do povoado tomou ao seu redor um ritmo sufocante de tourada, cheia de brigas e confusões. E dom Fulgêncio embesta a torto e a direito, contra todos, por qualquer coisa sem importância. Para dizer a verdade, ninguém lhe jogava os chifres na cara, ninguém sequer os via. Mas todos aproveitavam a menor distração para lhe pôr um bom par de bandarilhas; no mínimo, os mais tímidos se conformavam em fazer uns burlescos e floridos movimentos de cintura. Alguns cavalheiros de estirpe medieval não desdenhavam a ocasião de dar em dom Fulgêncio uma boa espetada, desde suas convencidas e honoráveis alturas. As serenatas do domingo e as festas nacionais davam motivo para improvisar ruidosas brincadeiras populares com a capa à base de dom Fulgêncio, que investia cego de ira, contra os mais atrevidos toureiros.

Enojado de lances de capa e passos de toureiro, constrangido com insolências, grosserias e humilhações, dom Fulgêncio chegou à hora da verdade muito ressabiado e perigosamente derrotado; convertido em uma besta feroz. Já não o convidavam para nenhuma festa nem cerimônia pública, e sua mulher se queixava amargamente do isolamento em que a fazia viver o mau caráter de seu marido.

À força de espetadas, agulhas e farpas, dom Fulgêncio desfrutava sangrias cotidianas e pomposas hemorragias dominicais. Mas todos os derramamentos lhe iam até dentro, até o coração inchado de rancor.

Seu grosso pescoço de Miúra fazia pressentir o instantâneo fim dos pletóricos. Rechonchudo e sanguíneo, seguia embestando em todas as direções, incapaz de repouso e dieta. E em um dia que cruzava a *Plaza de Armas*, trotando para a sua casa, dom Fulgêncio se deteve e levantou aturdido a cabeça, ao toque de um longínquo clarim. O som se aproximava, entrando em suas orelhas como uma tromba ensurdecedora. Com os olhos nublados, viu abrir-se ao seu redor uma praça de touros gigantesca; algo assim como um Vale de Josafat cheio de pessoas com trajes de toureiros. A congestão se fundiu logo em sua espinha dorsal, como uma estocada até a cruz. E dom Fulgêncio rodou patas para cima sem punhal.

Apesar de sua profissão, o notório advogado deixou seu testamento no rascunho. Ali expressava, em um surpreendente tom de súplica, a vontade póstuma de que ao morrer lhe tirassem os chifres, fosse à serra, cinzel ou martelo. Mas seu comovedor pedido se viu traído pela diligência de um carpinteiro oficioso, que lhe fez de presente um ataúde especial, provido de dois vistosos acréscimos laterais.

Todo o povoado acompanhou dom Fulgêncio até o cemitério, comovido pela lembrança de sua bravura. E apesar do auge de luto das oferendas, as exéquias e os trajes da viúva, o enterro teve um não sei que de jovial e risonha farsa.

SINÉSIO DE RODES

As páginas perturbadoras da *Patrologia grega* de Paul Migne sepultaram a memória frágil de Sinésio de Rodes, que proclamou o império terrestre dos anjos do acaso.

Com seu habitual exagero, Orígenes deu aos anjos uma importância excessiva dentro da economia celestial. Por sua parte, o piedoso Clemente de Alexandria reconheceu pela primeira vez um anjo da guarda a nossas costas. E entre os primeiros cristãos da Ásia Menor se propagou um afeto desordenado pelas multiplicidades hierárquicas.

Entre a massa obscura dos hereges angeólogos, Valentino o Gnóstico e Basílides, seu eufórico discípulo, emergem com brilho luciferino. Eles deram asas ao culto maníaco dos anjos. Em pleno século II quiseram levantar do chão pesadíssimas criaturas positivas, que levam belos nomes científicos, como Dínamo e Sofia, a cuja progênie brutal o gênero deve suas desgraças.

Menos ambicioso que seus predecessores, Sinésio de Rodes aceitou o Paraíso tal qual foi concebido pelos Padres da igreja, e se limitou a esvaziá-lo de seus anjos. Disse que os anjos vivem entre nós e que a eles devemos entregar diretamente todas as nossas orações, em sua qualidade de concessionários e distribuidores exclusivos das contingências humanas. Por um mandato supremo, os anjos dispersam, provocam e acarretam os mil e um acidentes da vida. Eles os fazem cruzar e entrelaçar uns aos outros, em um movimento acelerado e aparentemente arbitrário. Mas aos olhos de Deus, vão tramando um tecido de complicados arabescos, muito mais belos que o estrelado céu noturno. Os desenhos do acaso se transformam, diante do olhar eterno, em misteriosos signos cabalísticos que narram a aventura do mundo.

Os anjos de Sinésio, como inumeráveis e velozes lançadeiras, estão tecendo desde o princípio dos tempos a trama da vida. Voam de um lado para o outro, sem cessar, trazendo e levando desejos, ideias, vivências e lembranças, dentro de um cérebro infinito e comunicante, cujas células nascem e morrem com a vida efêmera dos homens.

Tentado pelo auge maniqueísta, Sinésio de Rodes não teve inconveniente em abrigar em sua teoria as hostes de Lúcifer, e admitiu os diabos na qualidade de sabotadores. Eles complicam a urdidura sobre a qual os anjos tramam; rompem o bom fio de nossos pensamentos, alteram as cores puras, surrupiam a seda, o ouro e a prata, e os suprem com grosseiro cânhamo. E a humanidade oferece aos olhos de Deus sua lamentável tapeçaria, onde aparecem tristemente alteradas as linhas do desenho original.

Sinésio passou a vida recrutando operários que trabalhassem ao lado dos anjos bons, mas não teve continuadores dignos de estima. Somente se sabe que Fausto de Milevo, o patriarca maniqueísta, quando já velho e desbotado voltava daquela memorável entrevista africana em que foi decisivamente açoitado por Santo Agostinho, deteve-se em Rodes para escutar as prédicas de Sinésio, que quis ganhá-lo para uma causa sem futuro.

Fausto escutou as prédicas do angeófilo com deferência senil, e aceitou fretar uma pequena e desmantelada embarcação em que o apóstolo entrou a bordo perigosamente com todos os seus discípulos, rumo a uma empresa continental. Não se voltou a saber nada deles, depois que se distanciaram das costas de Rodes, em um dia que pressagiava tempestade. A heresia de Sinésio careceu de renome e se perdeu no horizonte cristão sem rastro aparente. Nem sequer obteve a honra de ser condenada oficialmente no concílio, apesar de que Eutiques, abade de Constantinopla, apresentou aos sinodais uma extensa refutação, que ninguém leu, intitulada *Contra Sinésio*.

Sua frágil memória naufragou em um mar de páginas: a *Patrologia grega* de Paul Migne.

MONÓLOGO DO INSUBMISSO

Homenagem a M.A.

Possuí a órfã na mesma noite em que velávamos seu pai à luz bruxuleante dos círios. (Oh! Se pudesse dizer isto mesmo com outras palavras!)

Como tudo se sabe neste mundo, a coisa chegou aos ouvidos do velhinho que olha nosso século através de seus maliciosos óculos. Refiro-me a esse ancião senhor que preside as letras mexicanas ostentando a touca de dormir dos memorialistas, e que me açoitou em plena rua com sua enfurecida bengala, diante da ineficácia da polícia municipal.

Recebi também uma corrosiva chuva de injúrias proferidas com voz aguda e furiosa. E tudo graças a que o incorreto patriarca – que o diabo o leve! – estava apaixonado pela doce moça que desde agora me aborrece.

Ai de mim! Já me aborrece até a lavadeira, apesar de nossos cândidos e dilatados amores. E a bela confidente, a quem o dizer popular assinala como minha Dulcineia, não quis ouvir as queixas do coração dolente de seu poeta. Creio que me desprezam até os cachorros.

Por sorte, estes infames falatórios não podem chegar até meu querido público.

Eu canto para um auditório composto de recatadas senhoritas e empoeirados velhinhos positivistas. A eles a atroz espécie não chega; estão bem distantes do mundano ruído. Para eles sigo sendo o pálido jovem que blasfema a divindade em imperiosos tercetos e que estanca suas lágrimas com uma encaracolada guedelha.

Estou crivado de dívidas para com os críticos do futuro. Só posso pagar com o que tenho. Herdei uma nota de mil pesetas com imagens gastas. Pertenço ao gênero de filhos pródigos que malgastam o dinheiro dos antepassados, mas que não podem fazer fortuna com suas próprias mãos. Todas as coisas que me ocorreram as recebi embrulhadas em uma metáfora. E a ninguém pude contar a atroz aventura de minhas noites de solidão, quando o germe de Deus começa a crescer de repente em minha alma vazia.

Há um diabo que me castiga expondo-me ao ridículo. Ele me dita quase tudo que escrevo. E minha pobre alma cancelada está afogando-se sob o aluvião das estrofes.

Sei muito bem que levando uma vida um pouco mais higiênica e racional poderia chegar em bom estado ao século vindouro. Onde uma poesia nova está aguardando os que consigam salvar-se deste desastroso século XIX. Mas me sinto condenado a me repetir e repetir aos demais.

Já imagino meu papel para então e vejo o jovem crítico que me diz com sua habituada elegância: "Você, querido senhor, um pouco mais atrás, se não for incômodo. Ali, entre os representantes do nosso romantismo."

E eu andaria com a minha cabeleira cheia de teias de aranha, representando aos oitenta anos as antigas tendências com poemas cada vez mais cavernosos e mais inoperantes. Não senhor.

Não me dirá o senhor "um pouco mais para trás por favor". Vou embora agora. Quer dizer, prefiro ficar aqui, nesta confortável tumba de romântico, reduzido a meu papel de botão partido, de semente aventada pelo gélido sopro do ceticismo. Muito obrigado por suas boas intenções.

Já chorarão por mim as senhoritas vestidas de cor de rosa, ao pé de um cipreste centenário. Nunca faltará um gagá positivista que celebre minhas bravatas, nem um jovem sardônico que compreenda meu segredo, e chore por mim uma lágrima oculta.

A glória, que amei aos dezoito anos, me aparece aos vinte e quatro algo assim como uma coroa mortuária que apodrece e empesta na umidade de uma fossa.

Verdadeiramente queria fazer algo diabólico, mas não me ocorre nada.

Ao menos gostaria que não só em meu quarto, mas através de toda a literatura mexicana, se estendesse um pouco este cheiro de amêndoas amargas que exala o licor que à saúde de vocês, senhoras e senhores, me disponho a beber.

O PRODIGIOSO MILIGRAMA

... moverão prodigiosos miligramas.
Carlos Pellicer

Uma formiga censurada pela sutileza de suas cargas e por suas frequentes distrações encontrou certa manhã, ao desviar-se novamente do caminho, um prodigioso miligrama.

Sem se deter para pensar nas consequências da descoberta, pegou o miligrama e o pôs nas costas. Comprovou com alegria uma carga justa para ela. O peso ideal daquele objeto dava a seu corpo estranha energia: como o peso das asas no corpo dos pássaros. Na verdade, uma das causas que antecipam a morte das formigas é a ambiciosa desconsideração de suas próprias forças. Depois de entregar no depósito de cereais um grão de milho, a formiga que o conduziu através de um quilômetro mal tem forças para arrastar seu próprio cadáver até o cemitério.

A formiga da descoberta ignorava sua sorte, mas seus passos demonstraram a pressa daquele que foge levando um tesouro. Um vago e saudável sentimento de reivindicação começava a encher seu espírito. Depois de um longuíssimo circuito, feito com alegre propósito, uniu-se ao fio de suas companheiras que regressavam todas, ao cair da tarde, com a carga solicitada nesse dia: pequenos fragmentos de folhas de alface cuidadosamente recortadas. O caminho das formigas formava uma fina e confusa cabeleira de diminuto verdor. Era impossível enganar alguém: o miligrama destoava violentamente naquela perfeita uniformidade.

Já no formigueiro as coisas começaram a se agravar. As guardiãs da porta, e as inspetoras situadas em todas as galerias, foram pondo objeções cada vez mais sérias à estranha carga. As palavras "miligrama" e "prodigioso" soaram isoladamente, aqui e ali, em lábios de algumas entendidas. Até que a inspetora chefe, sentada com gravidade diante de uma mesa imponente, atreveu-se a uni-las dizendo com ironia à formiga confusa: "Provavelmente a senhora nos trouxe um prodigioso miligrama. Felicito-a de todo o coração, mas meu dever é dar parte à polícia."

Os funcionários da ordem pública são as pessoas menos aptas para resolver questões de prodígios e de miligramas. Diante daquele caso não previsto no código penal, procederam com apego às ordens comuns e correntes, confiscando o miligrama com formiga e tudo. Como os antecedentes da acusada eram péssimos, julgou-se que um processo era de trâmite legal. E as autoridades competentes se encarregaram do assunto.

A lentidão habitual dos procedimentos judiciais ia em desacordo com a ansiedade da formiga, cuja estranha conduta lhe indispôs até com seus próprios advogados.

Obedecendo às regras de convicções cada vez mais profundas, respondia a todas as perguntas que lhe faziam. Propagou o rumor de que estavam cometendo, em seu caso, gravíssimas injustiças e anunciou que muito em breve seus inimigos teriam que reconhecer forçosamente a importância da descoberta. Tais despropósitos atraíram sobre ela todas as sanções existentes. No cúmulo do orgulho, disse que lamentava formar parte de um formigueiro tão imbecil. Ao ouvir semelhantes palavras, o fiscal pediu com voz estentórica uma sentença de morte.

Nessa circunstância, veio salvá-la um informe de um célebre psiquiatra, que deixou claro seu desequilíbrio mental. Durante a noite, em vez de dormir, a prisioneira se punha a virar o seu miligrama, polia-o cuidadosamente e passava longas horas em uma espécie de êxtase contemplativo. Durante o dia o levava nas costas, de um lado para o outro, no estreito e escuro calabouço. Aproximou-se o fim de sua vida tomada de terrível agitação. Tanto que a enfermeira de guarda pediu três vezes que a trocassem de cela. A cela era cada vez maior, mas a agitação da formiga aumentava com o espaço disponível. Não fez o menor caso às curiosas que iam contemplar, em número crescente, o espetáculo de sua desordenada agonia. Deixou de comer, negou-se a receber os jornalistas e guardou um mutismo absoluto.

As autoridades superiores decidiram finalmente trasladar a um sanatório a formiga enlouquecida. Mas as decisões oficiais sofrem sempre de lentidão.

Um dia, ao amanhecer, a carcereira encontrou a cela quieta, e cheia de um estranho resplendor. O prodigioso miligrama brilhava no chão, como um diamante inflamado de luz própria. Perto dele jazia a formiga heroica, patas para cima, consumida e transparente.

A notícia de sua morte e a virtude prodigiosa do miligrama se derramaram como inundação por todas as galerias. Caravanas de visitantes percorriam a cela improvisada em câmara mortuária. As formigas se jogavam no chão em desespero. De seus olhos, deslumbrados pela visão do miligrama, corriam lágrimas em tal abundância que a organização do funeral se viu às voltas com um problema de drenagem. Na falta de oferendas florais suficientes, as formigas saqueavam os depósitos para cobrir o cadáver da vítima com pirâmides de alimentos.

O formigueiro viveu dias indescritíveis, mescla de admiração, de orgulho e de dor. Organizaram-se exéquias suntuosas, repletas de bailes e banquetes. Rapidamente se iniciou a construção de um santuário para o miligrama, e a formiga *in*-compreendida e assassinada teve a honra de um mausoléu. As autoridades foram depostas e acusadas de inépcia. A duras penas conseguiu funcionar, pouco depois, um conselho de anciãs que pôs fim à prolongada etapa de orgiásticas honras. A vida voltou a seu curso normal graças a inumeráveis fuzilamentos. As anciãs mais sagazes transformaram, então, a corrente de admiração devota que despertou o miligrama em uma forma cada vez mais rígida de religião oficial. Nomearam-se guardiãs e oficiantes. Em torno do santuário foi surgindo um círculo de edifícios e uma extensa burocracia começou a ocupá-los em rigorosa hierarquia. A capacidade do florescente formigueiro se viu seriamente comprometida.

O pior de tudo foi que a desordem, expulsa da superfície, prosperava com vida inquietante e subterrânea. Aparentemente, o formigueiro vivia tranquilo e compacto, dedicado ao trabalho e ao culto, pese o grande número de funcionárias que passavam a vida desempenhando tarefas cada vez menos prezáveis. É impossível dizer qual formiga albergou em sua mente os primeiros pensamentos funestos. Talvez tenham sido muitas as que pensaram ao mesmo tempo, caindo em tentação.

Em todo caso, tratava-se de formigas ambiciosas e ofuscadas que consideraram, blasfemas, a humilde condição da formiga descobridora. Entreviram a possibilidade de que todas as homenagens tributadas à gloriosa defunta fossem concedidas a elas em vida. Começaram a adotar atitudes suspeitas. Avoadas e melancólicas, extraviavam-se de propósito do caminho e voltavam ao formigueiro com as mãos vazias. Respondiam às inspetoras sem dissimular sua arrogância; frequentemente se faziam passar por doentes e anunciavam para muito em breve uma descoberta sensacional. E as próprias autoridades não podiam evitar que uma daquelas lunáticas chegasse no dia menos pensado com um prodígio sobre suas débeis costas.

As formigas comprometidas trabalhavam em segredo e, digamos assim, por conta própria. Se houvesse sido possível um interrogatório geral, as autoridades teriam chegado à conclusão de que cinquenta por cento das formigas, em lugar de se preocupar por mesquinhos cereais e frágeis hortaliças, tinham os olhos postos na incorruptível substância do miligrama.

Um dia aconteceu o que deveria acontecer. Como se tivessem entrado em acordo, seis formigas comuns e correntes, que pareciam as mais normais, chegaram ao formigueiro com seus respectivos objetos estranhos que fizeram passar, diante da geral expectativa, por miligramas de prodígio. Naturalmente, não obtiveram as honras que esperavam, mas foram exoneradas nesse mesmo dia de todo serviço. Numa cerimônia quase privada, outorgou-lhes o direito de desfrutar uma renda vitalícia.

Sobre os seis miligramas, foi impossível dizer algo em concreto. A lembrança da imprudência anterior apartou as autoridades de todo propósito judicial. As anciãs lavaram as mãos em conselho, e deram à população uma ampla liberdade de juízo. Os supostos miligramas foram oferecidos à admiração pública nas vitrines de um modesto recinto, e todas as formigas opinaram segundo seu leal saber e entender.

Esta debilidade por parte das autoridades, somada ao silêncio culpável da crítica, precipitou a ruína do formigueiro. Daí em diante qualquer formiga, esgotada pelo trabalho ou tentada pela preguiça, podia reduzir suas ambições de glória aos limites de uma pensão vitalícia, livre de obrigações servis. E o formigueiro começou a encher-se de falsos miligramas.

Em vão algumas formigas velhas e sensatas recomendaram medidas precautórias, tais como o uso de balanças e a confrontação minuciosa de cada novo miligrama com o modelo original. Ninguém lhes fez caso. Suas proposições, que nem sequer foram discutidas em assembleia, acharam ponto final nas palavras de uma formiga magra e descolorida que proclamou abertamente e em voz alta suas opiniões pessoais. Segundo a irreverente, o famoso miligrama original, por mais prodigioso que fosse, não tinha por que determinar um precedente de qualidade. O prodigioso não deveria ser imposto em nenhum caso como uma condição forçosa aos novos miligramas encontrados.

O pouco de circunspecção que restava às formigas desapareceu num instante. Daí por diante, as autoridades foram incapazes de reduzir ou taxar a cota de objetos que o formigueiro podia receber diariamente sob o título de miligramas. Negou-se qualquer direito de veto, e nem sequer conseguiram que cada formiga cumprisse com suas obrigações. Todas quiseram esquivar-se de sua condição de trabalhadoras, mediante a busca de miligramas.

O depósito para este tipo de artigos chegou a ocupar dois terços do formigueiro, sem contar as coleções particulares, algumas delas famosas pelo valor de suas peças. A respeito dos miligramas comuns e correntes, desceu tanto seu preço que nos dias de maior afluência podiam ser obtidos por uma bagatela. Não se pode negar que de quando em quando chegavam ao formigueiro alguns exemplares estimáveis. Mas corriam a solta as piores insignificâncias. Legiões de aficionadas se dedicaram a exaltar o mérito dos miligramas da mais baixa qualidade, fomentando assim um desconcerto geral.

Em seu desespero de não encontrar miligramas autênticos, muitas formigas traziam verdadeiras obscenidades e imundícies. Galerias inteiras foram fechadas por razões de salubridade. O exemplo de uma formiga extravagante encontrava no dia seguinte milhares de imitadoras. A custa de grandes esforços, e empregando todas as suas reservas de sentido comum, as anciãs do conselho seguiam chamando-se autoridades e faziam imprecisos ares de governo.

As burocratas e responsáveis pelo culto, não contentes com sua folgada situação, abandonaram o templo e os escritórios para pôr-se em busca de miligramas, tratando de aumentar a renda e honras. A polícia deixou praticamente de existir e os motins e as revoluções eram cotidianos. Bandos de assaltantes profissionais aguardavam nas proximidades do formigueiro para despojar as afortunadas que voltavam com um miligrama valioso. Colecionadoras ressentidas denunciavam suas rivais e promoviam longos processos judiciais, buscando a vingança da invasão e a desapropriação. As disputas dentro das galerias degeneravam facilmente em brigas, e estas em assassinatos... O índice de mortalidade alcançou uma cifra pavorosa. Os nascimentos diminuíram de maneira alarmante, e as crianças, carentes de atenção adequada, morriam às centenas.

O santuário que custodiava o miligrama verdadeiro se converteu em tumba esquecida. As formigas, ocupadas na discussão das descobertas mais escandalosas, nem sequer iam visitá-lo. De vez em quando, as devotas remanescentes chamavam a atenção das autoridades sobre seu estado de ruína e abandono. O máximo que se conseguia era uma limpeza. Meia dúzia de desrespeitosas garis davam algumas escovadas, enquanto decrépitas anciãs pronunciavam longos discursos e cobriam a tumba da formiga com deploráveis oferendas, feitas quase de puros desperdícios.

Sepultado entre chuvas de desordem, o prodigioso miligrama brilhava no esquecimento. Chegou inclusive a circular o boato escandaloso de que havia sido roubado por mãos sacrílegas. Uma cópia de má qualidade suplantava o miligrama autêntico, que pertencia já à coleção de uma formiga criminosa, enriquecida no comércio de miligramas. Rumores sem fundamento, mas ninguém se inquietava ou se comovia; ninguém levava a cabo uma investigação que lhes pusesse fim. E as anciãs do conselho, cada dia mais débeis e enfermiças, cruzavam os braços ante o desastre iminente.

O inverno estava próximo e a ameaça de morte deteve o delírio das imprevidentes formigas. Diante da crise alimentícia, as autoridades decidiram colocar à venda um grande lote de miligramas a uma comunidade vizinha, composta de abastadas formigas. Tudo o que conseguiram foi desfazer-se de umas tantas peças de verdadeiro mérito, por um punhado de hortaliças e cereais. No entanto, foi-lhes feita uma oferta de alimentos suficientes para todo o inverno, em troca do miligrama original.

O formigueiro em bancarrota se agarrou a seu miligrama como a uma tábua de salvação. Depois de intermináveis conferências e discussões, quando já a fome minguava o número das sobreviventes em benefício das formigas ricas, estas abriram a porta de sua casa para as donas do prodígio. Ficaram com a obrigação de alimentá-las até o final de seus dias, isentas de todo serviço. Ao ocorrer a morte da última formiga estrangeira, o miligrama passaria a ser propriedade das compradoras.

É preciso dizer o que ocorreu pouco depois no novo formigueiro? As hóspedes difundiram ali a semente de sua contagiosa idolatria.

Atualmente as formigas encaram uma crise universal. Esquecendo-se de seus costumes, tradicionalmente práticas e utilitárias, entregam-se em todas as partes a uma desenfreada busca de miligramas. Comem fora do formigueiro, e só armazenam sutis e deslumbrantes objetos. Talvez muito em breve desapareçam como espécie zoológica e para nós ficará somente a lembrança de suas antigas virtudes, mencionadas em duas ou três fábulas ineficazes.

NABÓNIDES

O propósito original de Nabónides, segundo o professor Rabsolom, era simplesmente restaurar os tesouros arqueológicos da Babilônia. Havia visto com tristeza as desgastadas pedras dos santuários, os embaçados rastros dos heróis e os selos anelares que deixavam uma marca ilegível sobre os documentos imperiais. Empreendeu suas restaurações metodicamente e não sem uma certa parcimônia. Claro que se preocupou pela qualidade dos materiais, elegendo as pedras de grão mais fino e fechado.

Quando lhe ocorreu copiar de novo as oitocentas mil tabuinhas de que constava a biblioteca babilônica, teve que fundar escolas e oficinas para escribas, gravadores e ceramistas. Arrebatou de seus postos administrativos um bom número de empregados e funcionários, desafiando as críticas dos chefes militares que pediam soldados e não escribas para escorar a queda do império, trabalhosamente erguido pelos antepassados heroicos, diante do assalto invejoso das cidades vizinhas. Mas Nabónides que enxergava acima dos séculos, achou que a História era o que importava. Entregou-se intrepidamente à sua tarefa, enquanto o chão ia sumindo de seus pés.

O mais grave foi que uma vez consumadas todas as restaurações, Nabónides não acabou com seu trabalho de historiador. Virando definitivamente as costas para os acontecimentos, somente se dedicava a relatá-los sobre pedra ou argila. Esta argila, inventada por ele à base de marga e asfalto, resultou ainda mais indestrutível que a pedra. (O professor Rabsolom é quem estabeleceu a fórmula dessa pasta cerâmica. Em 1913 encontrou uma série de peças enigmáticas, espécie de cilindros ou pequenas colunas, que estavam revestidas com essa substância misteriosa. Adivinhando a presença de uma escrita oculta, Rabsolom compreendeu que a capa de asfalto não poderia ser retirada sem destruir os caracteres. Idealizou então o seguinte procedimento: esvaziou a cinzel a pedra interior, e depois, por meio de um desincrustante que ataca os resíduos depositados nas marcas da escrita, obteve cilindros ocos. Por meio de sucessivos esvaziamentos seccionais, conseguiu fazer cilindros de gesso que apresentaram a intacta escrita original. O professor Rabsolom sustenta, acertadamente, que Nabónides procedeu deste modo incompreensível prevendo uma invasão inimiga com o habitual acompanhamento de fúria iconoclasta. Por sorte não teve tempo de ocultar assim todas as suas obras.)[1]

Como a multidão de operários era insuficiente, e a História acontecia com rapidez, Nabónides se converteu também em linguista e gramático: quis simplificar o alfabeto, criando uma espécie de taquigrafia. Na verdade, complicou a escrita enchendo-a de abreviaturas, omissões e siglas que oferecem toda série de novas dificuldades ao professor Radsolom. Mas assim, Nabónides conseguiu chegar até seus próprios dias, com entusiasmada meticulosidade; chegou

---

[1] Aqueles que queiram aprofundar o tema, podem ler com proveito a extensa monografia de Adolf von Pinches: *Nabonidzylinder*, Jena, 1912.(N.A.)

a escrever a História de sua história e a superficial chave de suas abreviaturas, mas com tal ânsia de síntese, que este relato seria tão extenso como a *Epopeya de Gilgamesh*, se for comparado com as últimas concisões de Nabónides.

Fez também redigir – Rabsolom diz que foi ele mesmo que redigiu – uma história de suas hipotéticas façanhas militares, ele, que abandonou sua luxuosa espada no corpo do primeiro guerreiro inimigo. No fundo tal história era mais um pretexto para esculpir tabuinhas, marcas e cilindros.

Mas os adversários persas forjaram de longe a perdição do sonhador. Um dia chegou à Babilônia a urgente mensagem de Creso, com quem Nabónides havia acordado uma aliança. O rei historiador mandou gravar em um único cilindro a mensagem e o nome do mensageiro, a data e as condições do pacto. Mas não compareceu ao chamado de Creso. Porém, depois, os persas apareceram de surpresa na cidade, dispersando o laborioso exército de escribas. Os guerreiros babilônios, descontentes, quase não combateram, e o império caiu para não se levantar mais de seus escombros.

A História tem nos transmitido duas obscuras versões sobre a morte de seu fiel servidor. Em uma delas é sacrificado pelas mãos de um usurpador, nos dias trágicos da invasão persa. A outra nos diz que foi feito prisioneiro e levado a uma ilha distante. Ali morreu de tristeza, repassando na memória o repertório da grandeza babilônica. Esta última versão é a que se adapta melhor à índole agradável de Nabónides.

O FAROL

O que Genaro faz é horrível. Utiliza-se de armas imprevisíveis. Nossa situação se torna asquerosa.

Ontem, à mesa, contou-nos uma história de corno. Era na verdade engraçada, mas como se Amélia e eu pudéssemos rir, Genaro estragou-a com suas grandes gargalhadas falsas. Dizia: "Tem algo mais divertido?" E passava a mão pela testa, encolhendo os dedos como se estivesse procurando alguma coisa. Voltava a dar risada: "Como se sentirá sendo corno?" Não respeitava de maneira nenhuma nossa confusão.

Amélia estava desesperada. Eu tinha vontade de insultar Genaro, de dizer-lhe toda a verdade a gritos, de sair correndo e não voltar nunca mais. Mas como sempre, algo me detinha. Amélia, talvez, aniquilada com a situação intolerável.

Faz já algum tempo que a atitude de Genaro nos surpreendia. Estava se tornando cada vez mais tonto. Aceitava explicações incríveis, dava lugar e tempo para nossas mais disparatadas entrevistas. Fez dez vezes a comédia da viagem, mas sempre voltou no dia previsto. Abstínhamo-nos inutilmente em sua ausência. Na volta, trazia pequenos presentes e nos abraçava de modo imoral, beijando-nos quase o pescoço, segurando-nos excessivamente contra seu peito. Amélia chegou a desmaiar de repugnância entre semelhantes abraços. No princípio fazíamos as coisas com temor, acreditando correr um grande risco. A impressão de que Genaro ia nos descobrir a qualquer momento, tingia nosso amor de medo e vingança. A coisa era clara e transparente nesse sentido. O drama flutuava realmente sobre nós, dando dignidade à culpa. Genaro pôs tudo a perder. Agora estávamos envoltos em algo turvo, denso e pesado. Amamo-nos sem vontade, entediados, como esposos. Adquirimos pouco a pouco o costume insípido de tolerar Genaro. Sua presença é insuportável porque não nos atrapalha; na verdade, facilita a rotina e provoca o cansaço.

Às vezes, o mensageiro que nos traz provisões diz que a supressão deste farol é um fato. Alegramo-nos Amélia e eu, em segredo. Genaro se aflige visivelmente. "Aonde iremos?", nos diz. "Somos aqui tão felizes!" Suspira. Depois, procurando por meus olhos: "Você virá conosco, para onde quer que seja." E fica olhando o mar com melancolia.

IN MEMORIAM

O luxuoso exemplar em formato grande com capas de couro decoradas em relevo, tênue cheiro de tinta recém-impressa em fino papel de Holanda, caiu como uma pesada lápide mortuária sobre o peito da baronesa viúva de Büssenhausen.

A nobre senhora leu entre lágrimas a dedicatória de duas páginas, composta em reverentes unciais germânicas. Por conselho amistoso, ignorou os cinquenta capítulos da *História comparada das relações sexuais*, glória imperecível de seu defunto marido, e pôs aquele volume explosivo em um estojo italiano.

Entre os livros científicos redigidos sobre o tema, a obra do barão Büssenhausen se destaca de modo quase sensacional, e encontra leitores entusiastas em público cuja diversidade causa inveja até nos mais austeros homens de estudo. (A tradução abreviada em inglês foi um *best-seller*.)

Para os guardiões do materialismo histórico, este livro não é mais que uma inflamada refutação de Engels. Para os teólogos, o empenho de um luterano que desenha na areia do fastio círculos de esmerado inferno. Os psicanalistas, felizes, mergulham num mar de duas mil páginas de pretendida subsconsciência. Trazem à superfície dados nefandos: Büssenhausen é o pervertido que traduz em sua linguagem impessoal a história de uma alma atormentada pelas mais extraviadas paixões. Ali estão todos os seus devaneios, suas fantasias libidinosas e culpas secretas, atribuídos sempre a inesperadas comunidades primitivas, ao largo de um árduo e triunfante processo de sublimação.

O reduzido grupo dos antropólogos especialistas nega a Büssenhausen o nome de colega. Mas os críticos literários lhe outorgam sua melhor sorte. Todos estão de acordo em colocar o livro dentro do gênero romance, e não poupam a lembrança de Marcel Proust e de James Joyce. Segundo eles, o barão se entregou à busca infrutuosa das horas perdidas na alcova de sua mulher. Centenas de páginas estancadas narram o ir e vir de uma alma pura, débil e duvidosa, do ardente Venusberg conjugal à gélida cova do cenobita livresco.

Seja isso o que quer que seja, e enquanto vem a calma, os amigos mais fiéis estenderam ao redor do castelo de Büssenhausen uma afetuosa rede protetora que intercepta as mensagens do exterior. Nos desertos quartos senhoriais a baronesa sacrifica galas ainda não murchas, apesar de sua idade outonal. (É filha de um célebre entomólogo, já desaparecido, e de uma poetisa que vive.)

Qualquer leitor medianamente dotado pode extrair dos capítulos do livro mais de uma conclusão perturbadora. Por exemplo, a de que o casal surgiu em tempos remotos como um castigo imposto aos pares que violavam o tabu da endogamia. Aprisionados no *borne*, os culpados sofriam as inclemências da intimidade absoluta, enquanto seus próximos se entregavam lá fora aos irresponsáveis deleites do amor.

Dando mostras de fina sagacidade, Büssenhausen define o matrimônio como um traço característico da crueldade babilônia. E sua imaginação alcança invejável altura quando nos descreve a assembleia primitiva de Samarra, felizmente pré-hamurábica. O rebanho vivia alegre e despreocupado, distribuindo o generoso acaso da caça e da colheita, arrastando seu tropel de filhos comuns. Mas aos que sucumbiam à ânsia prematura ou ilegal de possessão, eram condenados em boa espécie à saciedade atroz do manjar apetecido.

Derivar dali modernas conclusões psicológicas é tarefa que o barão realiza, por assim dizer, com uma mão na cintura. O homem pertence a uma espécie animal cheia de pretensões frugais. E o matrimônio, que em um princípio foi castigo formidável, tornou-se pouco depois um apaixonado exercício de neuróticos, um incrível passatempo de masoquistas. O barão não se detém aqui. Agrega que a civilização fez muito bem em apertar os laços conjugais. Felicita todas as religiões que converteram o matrimônio em disciplina espiritual. Expostas a um atrito contínuo, duas almas têm a possibilidade de se aperfeiçoar até o máximo polimento, ou de reduzir-se a pó.

Cientificamente considerado, o matrimônio é o moinho pré-histórico no qual duas pedras se moem, interminavelmente, até a morte. São palavras textuais do autor. Faltou acrescentar que à sua cálida alma de crente, porosa e calcária, a baronesa opunha uma índole de quartzo, uma consistência de valquíria. (A esta hora, na solidão do seu leito, a viúva gira impávidas arestas radiais sobre a recordação impalpável do pulverizado barão.)

O livro de Büssenhausen poderia ser facilmente desdenhado se só contivesse os escrúpulos pessoais e as repressões de um marido moldado à antiga, que nos aborrece com suas dúvidas sobre o que podemos salvar sem levar em conta a alma alheia, prestes a sucumbir a nosso lado, vítima de aborrecimento, de hipocrisia, dos ódios pequenos, da melancolia perniciosa. O grave está em que o barão apoia com uma massa de dados cada uma de suas divagações. Na página mais disparatada, quando o vemos cair vertiginosamente em um abismo de fantasia, sai de repente com uma prova irrefutável entre suas mãos de náufrago. Se ao falar de prostituição hospitaleira Malinowski o decepciona nas ilhas Marquesas, ali está para servir-lhe Alf Theodorsen de sua congelada aldeia da Lapônia. Não cabem dúvidas a respeito. Se o barão se equivoca, devemos confessar que a ciência se põe de acordo para se equivocar com ele. À imaginação transbordante de Lévy-Brühl, acrescenta a perspicácia de um Frazer, a exatidão de um Wilhelm Eilers e, de vez em quando, por sorte, a suprema aridez de um Franz Boas.

No entanto, o rigor científico do barão decai com frequência e dá lugar a certas páginas de gelatina. Em mais de uma passagem a leitura é sumamente penosa, e o volume adquire um peso visceral, quando a falsa pomba de Vênus bate as asas de morcego, ou quando se ouve o rumor de Príamo e Tisbe que roem cada um por seu lado, um espesso muro de geleia. Nada mais justo que perdoar os deslizes de um homem que passou trinta anos no moinho, com uma mulher abrasiva, de quem o separavam muitos graus na escala da dureza humana.

Desprezando a algaravia escandalizada e festiva dos que julgam a obra do barão um novo resumo de história universal, disfarçado e pornográfico, nós nos unimos ao reduzido grupo dos espíritos seletos que adivinham na *História comparada das relações sexuais* uma extensa epopeia doméstica, consagrada a uma mulher de temperamento troiano. A perfeita esposa em cuja honra se renderam milhares de pensamentos subversivos, encurralados em uma dedicatória de duas páginas, composta em reverentes unciais germânicas: a baronesa Gunhild de Büssenhausen, *née* condessa de Magneburg-Hohenheim.

BALTASAR GÉRARD
[1555-1582]

Ir matar o príncipe de Orange. Ir matá-lo e cobrar, então, os vinte e cinco mil escudos que ofereceu Felipe II por sua cabeça. Ir a pé, sozinho, sem recursos, sem pistola, sem faca, criando o gênero dos assassinos que pedem para sua vítima o dinheiro que falta para comprar a arma do crime, tal foi a façanha de Baltasar Gérard, um jovem carpinteiro de Dóle. Através de uma penosa perseguição pelos Países Baixos, morto de fome e de fadiga, padecendo incontáveis demoras entre os exércitos espanhóis e flamencos, conseguiu abrir passagem até sua vítima. Em dúvidas, rodeios e retrocessos investiu três anos e teve que suportar o vexame de que Gaspar Añastro lhe tomou a dianteira.

O português Gaspar Añastro, comerciante de panos, não carecia de imaginação, sobretudo diante de um chamariz de vinte e cinco mil escudos. Homem precavido, escolheu cuidadosamente o procedimento e a data do crime. Mas na última hora decidiu pôr um intermediário entre seu cérebro e a arma: Juan Jáuregui a empunharia por ele.

Juan Jáuregui, jovem de vinte anos, era tímido como ele só. Mas Añastro conseguiu temperar a sua alma até o heroísmo, mediante um sistema de sutis coações cuja secreta chave nos escapa. Talvez o constrangeu com leituras heroicas; talvez o abasteceu de talismãs; talvez o levou metodicamente até um consciente suicídio.

A única coisa que sabemos com certeza é que no dia marcado pelo seu patrão (18 de março de 1582), durante os festivais celebrados em Amberes para honrar o duque de Anjou em seu aniversário, Jáuregui apareceu quando a comitiva passava e disparou sobre Guilherme de Orange à queima roupa. Mas o idiota havia carregado o cano da pistola até a ponta. A arma explodiu em sua mão como uma granada. Um fragmento de metal atravessou a bochecha do príncipe. Jáuregui caiu no chão, entre o séquito, crivado por violentas espadas.

Durante dezesseis dias Gaspar Añastro esperou inutilmente a morte do príncipe. Hábeis cirurgiões conseguiram conter a hemorragia, tapando com seus dedos, dia e noite, a artéria destroçada. Guilherme se salvou finalmente. E o português, que tinha no bolso o testamento de Jáuregui a seu favor experimentou a mais amarga desilusão de sua vida. Maldisse a imprudência de confiar em um jovem inexperiente.

Pouco tempo depois a sorte sorriu para Baltasar Gérard, que recebia de longe as trágicas notícias. A sobrevivência do príncipe, cuja vida parecia estar reservada a ele, deu-lhe novas forças para continuar seus planos, até então vagos e cheios de incerteza.

Em maio conseguiu chegar até o príncipe, na qualidade de emissário do exército. Mas não levava consigo nem sequer um alfinete. Dificilmente pôde acalmar seu desespero enquanto durou a entrevista. Em vão ensaiou mentalmente suas mãos enfraquecidas sobre o grosso pescoço do flamenco. No entanto, conseguiu ficar à disposição de um novo serviço. Guilherme o designou para voltar à frente, a uma cidade situada na fronteira francesa. Mas Baltasar já não pôde resignar-se a um novo distanciamento.

Desanimado e preocupado, vagou durante dois meses pelos arredores do palácio de Delft. Viveu na maior miséria, quase de esmola, tratou de fazer amizade com lacaios e cozinheiros. Mas seu aspecto estrangeiro e miserável a todos inspirava desconfiança.

Um dia o príncipe o viu de uma das janelas do palácio e mandou um criado repreendê-lo por sua negligência. Baltasar respondeu que precisava de roupas para a viagem, e que seus sapatos estavam materialmente arrebentados. Comovido, Guilherme enviou-lhe doze coroas.

Radiante, Baltasar foi correndo em busca de um par de magníficas pistolas, sob o pretexto de que os caminhos eram inseguros para um mensageiro como ele. Carregou-as cuidadosamente e voltou ao palácio. Dizendo que ia em busca de um passaporte, chegou até o príncipe e expressou seu pedido com voz retumbante e conturbada. Disse-lhe que esperasse um pouco no pátio. Investiu o tempo disponível planejando sua fuga, mediante um rápido exame do edifício.

Pouco depois, quando Guilherme de Orange no alto da escada despedia um personagem ajoelhado, Baltasar saiu bruscamente de seu esconderijo, e disparou com excelente pontaria, o príncipe conseguiu murmurar umas palavras e rodou pelo tapete, agonizante.

Em meio à confusão, Baltasar fugiu para as cavalariças e os currais do palácio, mas não pôde saltar, extenuado, o tapume de um horto. Ali foi preso por dois cozinheiros.

Conduzido à portaria, manteve uma grave e digna postura. Não acharam com ele mais que uns santinhos piedosos e um par de bexigas vazias com as quais pretendia – mal nadador – cruzar os rios e canais que aparecessem no caminho.

Naturalmente, ninguém pensou no adiamento de um processo. A multidão pedia ansiosa a morte do regicida. Mas havia que esperar três dias, em atenção aos funerais do príncipe.

Baltasar Gérard foi enforcado na praça pública de Delft, diante de uma multidão furiosa que ele olhou com desprezo de cima do cadafalso. Sorriu diante da torpeza de um carpinteiro que fez voar um martelo pelos ares. Uma mulher comovida pelo espetáculo esteve a ponto de ser linchada pela multidão rancorosa.

Baltasar rezou suas orações com voz clara e distinta, convencido de seu papel de herói. Subiu sem ajuda a escadinha fatal.

Felipe II pagou pontualmente os vinte e cinco mil escudos de recompensa para a família do assassino.

BABY H. P.

Senhora dona de casa: converta em força motriz a vitalidade de seus filhos. Já temos o maravilhoso Baby H.P., um aparelho que está pronto para revolucionar a economia familiar.

O Baby H.P. é uma estrutura de metal muito resistente e leve que se adapta com perfeição ao delicado corpo infantil, mediante cômodos cinturões, pulseiras, anéis e broches. As ramificações deste esqueleto suplementar recolhem cada um dos movimentos da criança, fazendo-os convergir em uma garrafinha de Leyden que pode ser colocada nas costas ou no peito, segundo a necessidade. Uma agulha indicadora assinala o momento em que a garrafa está cheia. Então a senhora deve desprendê-la e conectá-la em um depósito especial, para que se descarregue automaticamente. Este depósito pode ser colocado em qualquer lugar da casa e representa uma preciosa reserva de eletricidade disponível a todo momento para fins de iluminação e calefação, assim como para impulsionar alguns dos inumeráveis artefatos que invadem agora, e para sempre, os lares.

De hoje em diante a senhora verá com outros olhos a agonizante atividade intensa de seus filhos. E nem sequer perderá a paciência diante de uma fúria passageira, pensando que é fonte generosa de energia. O espernear de uma criança de peito durante as vinte e quatro horas do dia se transforma, graças ao Baby H.P., em uns úteis segundos de liquidificador, ou em quinze minutos de música radiofônica.

As famílias numerosas podem satisfazer todas as suas demandas de eletricidade instalando um Baby H.P. em cada um dos seus rebentos e até realizar um pequeno e lucrativo negócio, transmitindo aos vizinhos um pouco da energia que sobra. Nos grandes edifícios de apartamentos podem suprir-se satisfatoriamente as falhas do serviço público, entrelaçando todos os depósitos familiares.

O Baby H.P. não causa nenhum transtorno físico nem psíquico às crianças, porque não coíbe nem transtorna seus movimentos. Pelo contrário, alguns médicos opinam que contribui para o desenvolvimento harmonioso de seu corpo. E no que diz respeito a seu espírito, pode despertar a ambição individual das crianças, outorgando-lhes pequenas recompensas quando sobrepassem seus recordes habituais. Para este fim recomendam-se guloseimas açucaradas, que devolvem com aumento seu valor. Enquanto mais calorias se adicionam à dieta da criança, mais quilowatts se economizam no contador elétrico.

As crianças devem ter posto dia e noite seu lucrativo H.P. É importante que o levem sempre para a escola, para que não sejam perdidas as horas preciosas do recreio, das quais eles voltam com o acumulador transbordando de energia.

Os rumores de que algumas crianças morrem eletrocutadas pela corrente que eles mesmos geram são completamente irresponsáveis. O mesmo deve se dizer sobre o temor supersticioso de que as crianças providas de um Baby H. P. atraem raios e centelhas.

Nenhum acidente desta natureza pode ocorrer, sobretudo se são seguidas ao pé da letra as indicações contidas nos folhetos explicativos que são enviados junto com cada aparelho.

O Baby H.P. está disponível nas boas casas do ramo em diferentes tamanhos, modelos e preços. É um aparelho moderno, durável e digno de confiança, e todas as suas conjunturas são extensíveis. Leva a garantia de fabricação da casa J.P. Mansfield & Sons, de Atlanta, III.

ANÚNCIO

Onde quer que a presença da mulher seja difícil, onerosa ou prejudicial, quer seja na alcova de solteiro, ou no campo de concentração, o emprego de Plastisex© é sumamente recomendável. O exército e a marinha, assim como alguns diretores de estabelecimentos penais e docentes, proporcionam aos recrutas o serviço destas atrativas e higiênicas criaturas.

Agora nos dirigimos a você, feliz ou não no amor. Nós lhe propomos a mulher com quem tem sonhado toda sua vida: manipula-se por meio de controles automáticos e é feita de materiais sintéticos que reproduzem as características mais superficiais ou secretas da beleza feminina. Alta e magra, miúda e redonda, loira ou morena, ruiva ou platinada: todas estão no mercado. Colocamos à sua disposição um exército de artistas plásticos, peritos em escultura e retrato, pintura e desenho; hábeis artesãos de modelagem e escavação; técnicos em cibernética e eletrônica podem possibilitar-lhe uma múmia da décima oitava dinastia ou tirar da banheira a mais rutilante estrela do cinema, salpicada ainda pela água e os sais do banho matinal.

Temos listas para serem enviadas todas as belezas famosas do passado e do presente, mas atendemos qualquer pedido e fabricamos modelos especiais. Se os encantos de

Madame Récamier não lhe bastam para esquecer a que o deixou plantado, envie-nos fotografias, documentos, medidas, roupas e descrições entusiastas. Ela ficará às suas ordens mediante um painel de controles não mais difíceis de manejar que os botões de um televisor.

Se você quiser e tiver os recursos suficientes, ela poderá ter olhos de esmeralda, turquesa ou azeviche legítimo, lábios de coral ou de rubi, dentes de pérolas e... etcétera, etcétera. Nossas damas são totalmente indeformáveis e sem rugas, conservam a suavidade de sua tez e a turgidez de suas linhas, dizem que **sim** em todos os idiomas vivos e mortos da terra, cantam e se movem ao compasso dos ritmos da moda. O rosto se apresenta maquiado de acordo com os modelos originais, mas pode se fazer todo o tipo de variantes, ao gosto de cada um, mediante os cosméticos apropriados.

A boca, as fossas nasais, o lado interno das pálpebras e as demais regiões mucosas, são feitas com suavíssima esponja, saturada com substâncias nutritivas e estuosas, de viscosidade variável e com diferentes índices afrodisíacos e vitamínicos, extraídas de algas marinhas e plantas medicinais. "Há leite e mel sob tua língua...", diz o *Cantar dos cantares*. Você pode emular os prazeres de Salomão; faça uma mistura com leite de cabra e mel de vespas; encha com ela o depósito craniano de sua Plastisex©, tempere-a com vinho do Porto ou Benedictine: sentirá que os rios do paraíso fluem para sua boca no longo beijo alimentício. (Até agora, temos reservado sob patente o direito de adaptar as glândulas mamárias como redomas de licor.)

Nossas vênus têm garantia para um serviço perfeito de dez anos – duração média de qualquer esposa -, salvo nos casos em que sejam submetida a práticas anormais de sadismo.

Como em todas as de carne e osso, seu peso é rigorosamente específico e noventa por cento corresponde à água que circula pelas finíssimas bolhas de seu corpo esponjado e esquentada por um sistema venoso de calefação elétrica.

Assim se obtém a ilusão perfeita do deslocamento dos músculos sob a pele, e o equilíbrio hidrostático das massas carnosas durante o movimento. Quando o termostato se eleva a um grau de temperatura febril, uma tênue exsudação salina aflora à superfície cutânea. A água não só cumpre funções físicas de plasticidade variável, como também claramente fisiológicas e higiênicas: fazendo fluir intensamente a água de dentro para fora, assegura a limpeza rápida e completa das Plastisex©.

Uma armação de magnésio, irrompível até nos mais apaixonados abraços e finamente desenhado a partir do esqueleto humano, assegura com propriedade todos os movimentos e posições da Plastisex©. Com um pouco de prática, pode-se dançar, lutar, fazer exercícios ginásticos ou acrobáticos e produzir em seu corpo reações de acolhida ou recusa mais ou menos enérgicas. (Ainda que submissas, as Plastisex© são sumamente vigorosas, já que estão equipadas com um motor elétrico de meio cavalo de força.)

No que se refere à cabeleira e demais vegetações pilosas, conseguimos produzir uma fibra de acetato que tem as características da pelagem feminina, e que a supera em beleza, textura e elasticidade. Você é aficionado aos prazeres do olfato? Sintonize então as escalas dos cheiros. Desde o tênue aroma axilar feito à base de sândalo e almíscar até as mais intensas emanações da mulher encalorada e desportiva: ácido cúprico puro, ou os mais quinta-essenciados produtos da perfumaria moderna. Embriague-se a seu gosto.

A gama olfativa e gustativa se estende naturalmente até o fôlego, sim, porque nossas vênus respiram compassada ou agitadamente. Um regulador assegura a curva crescente de seus anseios, desde o suspiro ao gemido, mediante o ritmo controlável de suas trocas respiratórias. Automaticamente o coração compassa a força e a velocidade de suas batidas...

Na parte de acessórios, a Plastisex© rivaliza em vestuário e adornos com as vestimentas das senhoras mais distintas. Desnuda é simplesmente insuperável: púbere ou impúbere, na flor da juventude ou com todas as opulências maduras do outono, segundo o matiz peculiar de cada raça ou mestiçagem.

Para os amantes ciumentos, superamos o antigo ideal de cinturão de castidade: um estojo de corpo inteiro que converte cada mulher em uma fortaleza de aço inexpugnável. E no que diz respeito à virgindade cada Plastisex© vai provida de um dispositivo que somente você poderá violar o hímen plástico que é um verdadeiro selo de garantia. Tão fiel ao original, que ao ser destruído se contrai sobre si mesmo e reproduz as excrescências coralinas chamadas carúnculas mirtiformes.

Seguindo a linha inflexível de ética comercial que traçamos, interessa-nos denunciar os rumores, mais ou menos encobertos, que alguns clientes neuróticos fizeram circular a propósito de nossa vênus. Dizem que criamos uma mulher tão perfeita, que vários modelos, ardentemente amados por homens solitários, ficaram grávidos e que outros sofrem certos transtornos periódicos. Nada mais falso. Embora nosso departamento de investigação trabalhe a toda capacidade e com um orçamento triplicado, não podemos nos gabar ainda de haver livrado a mulher de tão graves servidões. Desgraçadamente, não é fácil desmentir com a mesma energia a notícia publicada por um periódico irresponsável, sobre um jovem inexperiente que morreu asfixiado nos braços de uma mulher de plástico. Sem negar a possibilidade de semelhante acidente, afirmamos que só pode ocorrer em virtude de um imperdoável descuido.

O aspecto moral de nossa indústria tem sido até agora insuficientemente interpretado. Junto aos sociólogos que nos elogiam por haver dado um duro golpe na prostituição (em Marselha há uma casa à qual já não podemos chamar de má fama porque funciona exclusivamente à base de Plastisex©), há outros que nos acusam de fomentar maníacos afetados de infantilismo. Semelhantes timoratos esquecem de propósito as qualidades de nosso invento, que longe de limitar-se ao gozo físico, assegura diletos prazeres intelectuais e estéticos a cada um dos afortunados usuários.

Como era de se esperar, as seitas religiosas reagiram de modo muito diverso diante do problema. As igrejas mais conservadoras seguem apoiando implacavelmente o hábito da abstinência, e no máximo se limitam a qualificar como pecado venial o que se comete em objetos inanimados (!). Mas uma seita dissidente dos mórmons celebrou já numerosos casamentos entre progressistas cavalheiros e encantadoras bonecas de material sintético. Embora reservemos nossa opinião sobre essas uniões ilícitas para o vulgo, é-nos muito grato participar até o dia de hoje que todas foram felizes. Somente em casos isolados, algum esposo solicitou modificações ou aperfeiçoamentos de detalhe em sua mulher, sem que se registre uma só substituição que equivalha ao divórcio. É também frequente o caso de clientes antigamente casados que nos solicitam cópias fiéis de suas esposas (geralmente com alguns retoques), a fim de servir-se delas sem traí-las em ocasiões de doenças graves ou passageiras, e durante as ausências prolongadas e involuntárias, que incluem o abandono e a morte.

Como objeto de prazer, a Plastisex© deve ser empregada de modo comedido e prudente, tal como a sabedoria popular aconselha a respeito de nossa companheira tradicional. Normalmente utilizado, seu débito assegura a saúde e bem-estar do homem, qualquer que seja sua idade ou complexão. E no que se refere aos gastos de investimento e manutenção, a Plastisex© se paga por ela mesma. Consome tanta eletricidade quanto um refrigerador, pode-se ligar a qualquer tomada doméstica, e equipada com seus mais valiosos acréscimos logo mostra-se muito mais econômica que uma esposa comum e corrente.

É inerte ou ativa, loquaz ou silenciosa, à vontade do cliente, e pode ser guardada no closet.[1]

Longe de representar uma ameaça para a sociedade, a vênus Plastisex© converte-se em uma aliada poderosa na luta pró-restauração dos valores humanos. Em vez de diminuí-la, engrandece e dignifica a mulher, arrebatando-lhe o papel de instrumento prazenteiro, de sexófora, para empregar um termo clássico. Em lugar de mercadoria deprimente, custosa ou insalubre, nossas mulheres se converterão em seres capazes de desenvolver suas possibilidades criadoras até um alto grau de perfeição.

Ao popularizar-se o uso da Plastisex©, assistiremos à eclosão do gênio feminino, tão longamente esperada. E as mulheres, livres já de suas obrigações tradicionalmente eróticas, instalarão para sempre em sua beleza transitória o puro reino do espírito.

---

[1] Desde 1968, nossa filial Plastishiro Sexobe está trabalhando em um modelo mais econômico à base de pilhas e transistores.

DE BALÍSTICA

Ne saxa ex catapultis latericium discuterent.
César, De bello civili lib. 2.

Catapultae turribus impositae
et quoe spicula mitterent, et quoe saxa.
Appianus, Ibericoe

Essas que ali se veem, vagas cicatrizes entre os campos de trabalho, são as ruínas do acampamento de Nobílior. Mais além se levantam os locais de ocupação militares de Castillejo, de Renieblas e de Peña Redonda. Da remota cidade só ficou uma colina carregada de silêncio...

— Por favor! O senhor não esqueça que eu vim de Minnesota. Deixe de lado as frases bonitas e diga quê, como e a qual distância disparavam as balistas.

— O senhor está me pedindo o impossível.

— Mas o senhor é reconhecido como uma autoridade universal em antigas máquinas de guerra. Meu professor Burns, de Minnesota, não vacilou em me dar seu nome e endereço como um norte seguro.

— Diga ao professor, a quem tanto estimo por carta, que agradeço muito e dê minhas sinceras condolências por seu otimismo. A propósito, que aconteceu com seus experimentos em matéria de balística romana?

— Um completo fracasso. Diante de um público numeroso, o professor Burns prometeu fazer voar a escora do estádio de Minnesota e não teve sucesso no *home run*.[1] É a quinta vez que suas catapultas lhe fazem passar vergonha, ele está bastante deprimido. Espera que eu lhe leve alguns dados que o ponham no bom caminho, mas o senhor...

— Diga-lhe que não desanime. O frustrado Ottokar von Soden consumiu os melhores anos de sua vida diante de um quebra-cabeça de uma *ctesibia machina* que funcionava à base de ar comprimido. E Gatteloni, que sabia mais que o professor Burns, e provavelmente que eu, fracassou em 1915 com uma máquina estupenda, baseada nas descrições de Ammiano Marcelino. Uns quatro séculos antes, outro mecânico florentino, chamado Leonardo da Vinci, perdeu tempo construindo umas balestras enormes, segundo as extraviadas indicações do célebre amador Marco Vitruvio Polion.

— Causa-me espanto e me ofende, enquanto devoto da mecânica, a linguagem que o senhor emprega para referir-se a Vitruvio, um dos gênios primordiais da nossa ciência.

— Ignoro a opinião que o senhor e seu professor Burns tenham desse homem nocivo. Para mim, Vetruvio é um simples aficionado. O senhor deve ler, por favor, seus *libri decem* mais minuciosamente: a cada passo se dará conta de que Vetruvio está falando de coisas que não entende. O que faz é transmitir-nos valiosíssimos textos gregos que vão de Enéas, o Tático a Herão de Alexandria, sem ordem nem acordo.

---

[1] Jogada muito boa no beisebol; significa, também, obter êxito.

— É a primeira vez que ouço tal desacato. Em quem pode, então, alguém depositar suas esperanças? Por acaso em Sexto Júlio Frontino?

— Leia seu *Stratagematon* com mais cautela. A primeira vista se tem a impressão de ter acertado no alvo. Mas o desencanto não tarda em abrir caminho através de suas intransitáveis descrições e erros. Frontino sabia muito de aquedutos, encanamentos e esgotos, mas em matéria de balística é incapaz de calcular uma simples parábola.

— Não se esqueça, por favor, que quando eu voltar devo preparar uma tese de doutorado de duzentas laudas sobre balística romana e escrever algumas conferências. Eu não quero passar vergonha como meu mestre no estádio de Minnesota. Cite-me, por favor, algumas autoridades antigas sobre o tema. O professor Burns encheu minha mente de confusão com seus relatos, cheios de repetições e saídas pela tangente.

— Permita-me felicitar daqui o professor Burns por sua grande fidelidade. Vejo que não fez outra coisa se não transmitir ao senhor a visão caótica que da balística antiga nos dão nomes como Marcelino, Arriano, Diodoro, Josefo, Políbio, Vegécio e Procópio. Vou lhe falar claro. Não possuímos nem um desenho contemporâneo, nem um só dado concreto. As pseudobalistas de Justo Lípsio e de Andrea Palladio são puras invenções sobre papel, carentes por completo de realidade.

— Então, o que fazer? Pense, peço ao senhor, nas duzentas laudas de minha tese. Nas duas mil palavras de cada conferência em Minnesota.

— Vou lhe contar uma história que o colocará no caminho da compreensão.

— Conte-me, por favor.

— Refere-se à tomada de Segida. O senhor recorda, naturalmente, que esta cidade foi ocupada pelo cônsul Nobílior em 153.

— Antes de Cristo?

— Parece-me desnecessário, melhor dito, me parecia desnecessário fazer ao senhor semelhantes precisões.

— Perdoe-me.

— Bom. Nobílior tomou Segida em 153. O que o senhor ignora com toda certeza é que a perda da cidade, ponto chave na marcha para Numância, deveu-se a uma balista.

— Que alívio! Uma balista eficaz.

— Permita-me. Somente em sentido figurado.

— Conclua sua história. Estou certo que voltarei a Minnesota sem poder dizer nada positivo.

— O cônsul Nobílior, que era um homem espetacular, quis abrir o ataque com um grande disparo de catapulta...

— Desculpe-me, mas estamos falando de balistas...

— E o senhor, e seu famoso professor de Minnesota, podem me dizer por acaso qual é a diferença que existe entre uma balista e uma catapulta? E entre uma fundíbula, uma doríbola e uma palintona? Em matéria de máquinas antigas, já o disse dom José Almirante, nem a ortografia é fixa nem a explicação é satisfatória. Eis aqui estes títulos para um mesmo aparelho: petróbola, litóbola, pedreira ou petraria. E também o senhor pode chamar de onagro, monancona, políbola, acrobalista, quirobalista, toxobalista e neurobalista a qualquer máquina que funcione por tensão, torção ou contrapeso; e como todos esses aparelhos eram desde o século IV a.C. geralmente locomóveis, corresponde-lhes com justiça o título genérico de carrobalistas.

— ...

— O certo é que o segredo que animava a estes iguanodontes da guerra se perdeu. Ninguém sabe como se temperava a madeira, como se curtiam as cordas de esparto, crina ou de tripa, como funcionava o sistema de contrapesos.

— Prossiga com sua história, antes que eu decida mudar o assunto da minha tese de doutorado e expulse meus imaginários ouvintes da sala de conferência.

— Nobílior, que era um homem espetacular, quis abrir o ataque com um grande disparo de balista...

— Vejo que o senhor tem suas histórias perfeitamente memorizadas, a repetição foi literal.

— Ao senhor, por outro lado, lhe falta a memória. Acabo de fazer uma variante significativa.

— De verdade?

— Disse balista em vez de catapulta, para evitar uma nova interrupção por parte do senhor. Vejo que o tiro saiu pela culatra.

— O que eu quero que saia, por onde quer que seja, é o disparo de Nobílior.

— Não sairá.

— O quê? O senhor não vai acabar de me contar a sua história?

— Sim, mas não há disparo. Os habitantes de Segida se renderam no preciso momento em que a balista, dobradas todas as suas alavancas, retorcidas as cordas elásticas e enchidas as plataformas de contrapeso, preparava-se para lançar um bloco de granito. Fizeram sinais das muralhas, enviaram mensageiros e pactuaram. Perdoaram-lhes a vida, dando condições para evacuarem a cidade e, assim, Nobílior pode se dar o imperial capricho de incendiá-la.

— E a balista?

— Arruinou-se por completo. Todos se esqueceram dela, inclusive os artilheiros, ante um regozijo de tão módica vitória. Enquanto os habitantes de Segida firmavam sua derrota, as cordas se romperam, estouraram os arcos de madeira, e o braço poderoso que deveria lançar a descomunal pedra, ficou em terra exânime, desprendido, soltando o canto do seu punho...

— Como assim?

— Mas o senhor não sabe, por acaso, que uma catapulta que não dispara se põe a perder? Se não lhe ensinou isto o professor Burns, permita-me que duvide muito de sua competência. Mas voltemos a Segida. Nobílior ainda recebeu como resgate mil e oitocentas libras de prata das pessoas importantes da cidade, o que imediatamente fez moeda para evitar o iminente motim dos soldados sem pagamento. Conservam-se algumas dessas moedas. Amanhã o senhor poderá vê-las no Museu de Numância.

— O senhor não poderia conseguir uma delas como lembrança?

— Não me faça rir. O único particular que possui moedas da época é o professor Adolfo Schulten, que passou a vida escavando nos escombros de Numância, levantando mapas, adivinhando sob os sulcos da terra semeada os vestígios dos locais de ocupação militares. O que eu posso conseguir-lhe é um cartão postal com verso e reverso da referida moeda.

— Vamos adiante.

— Nobílior soube tirar partido da tomada de Segida, e as moedas que cunhou levam de um lado seu perfil e do outro a silueta de uma balista e esta palavra: Segisa.

— E por que Segisa e não Segida?

— Investigue o senhor. Uma errata do que a cunhagem fez. Essas moedas circularam muito em Roma. E ainda mais, a fama da balista. As oficinas do Império não davam conta para satisfazer as demandas dos chefes militares, que pediam catapultas em dúzias, e cada vez maiores. E quanto mais complicadas, melhor.

— Mas diga-me algo positivo. Segundo o senhor, a que se deve a diferença dos nomes uma vez que se fala sempre do mesmo aparelho?

— Talvez se trate de diferenças de tamanho, talvez se deva ao tipo de projéteis que os artilheiros tinham à mão. Veja, as litóbolas ou petrarias, como seu nome indica, bem, pois atiram pedras. Pedras de todos os tamanhos. Os comentaristas vão desde vinte ou trinta libras até a oito ou doze quintais. As políbolas, parece que também atiram pedras, mas em forma de metralhadora, isto é, nuvens de seixos. As doríbolas enviavam, etimologicamente, dardos enormes, mas também feixes de flechas. E as neurobalistas, pois vá saber... barris com mistura incendiárias, feixes de lenha ardendo, cadáveres e grandes sacos de imundícies para fazer mais pesado o ar infestado que respiravam os felizes sitiados. Enfim, eu sei de uma balista que arremessava gralhas.

— Gralhas?

— Deixe-me contar outra história.

— Vejo que me equivoquei de arqueólogo e de guia.

— Por favor, é muito bonita. Quase poética. Serei breve. Eu lhe prometo.

— Conte e vamos embora. O sol já está caindo sobre Numância.

— Um corpo de artilharia abandonou uma noite a maior balista de sua legião sobre uma saliência do terreno que resguardava a aldeia de Bures, na estrada para Centróbriga. Como o senhor sabe, remonto-me outra vez ao século II a.C., mas sem sair da região. Na manhã seguinte, os habitantes de Bures, uma centena de pastores inocentes, se encontraram frente àquela ameaça que havia brotado do solo, não sabiam nada de catapultas, mas pressentiram o perigo. Fecharam-se a sete chaves em suas cabanas, durante três dias. Como não podiam continuar assim indefinidamente, tiraram a sorte para ver quem iria, na manhã seguinte, inspecionar o misterioso trambolho. O escolhido foi um jovenzinho tímido e covarde, que se sentiu condenado à morte. A população passou a noite despedindo-se e dando forças a ele, mas o rapaz tremia de medo. Antes de sair o sol na manhã invernal, a balista devia estar com um tenebroso aspecto de patíbulo.

— Voltou com vida o rapazinho?

— Não. Caiu morto ao pé da balista, por causa da revoada de gralhas que haviam pernoitado na máquina de guerra e que saíram voando assustadas...

— Santo Deus! Uma balista que rende a cidade de Segida sem dar um só disparo. Outra mata um jovem pastor com um punhado de voadores. É isso que eu vou contar em Minnesota?

— O senhor diga que as catapultas se empregavam para a guerra de nervos. Acrescente que todo o Império Romano não era mais que isso, uma enorme máquina de guerra complicada e um estorvo, cheia de alavancas antagônicas, que tiram força umas das outras. Desculpe-se dizendo que foi uma arma da decadência.

— Terei sucesso com isso?

— Descreva com amplitude o fatal apogeu das balistas. Seja pitoresco. Conte que o ofício de *magister* chegou a ser nas cidades romanas sumamente perigoso. As crianças da escola impunham a seus professores verdadeiras lapidações, atacando-os com aparelhos de bolso que eram uma derivação infantil das manubalistas guerreiras.

— Terei sucesso com isso?

— Seja imponente. Fale com detalhe sobre a formação de um trem legionário. Detenha-se em considerações sobre suas duas mil carruagens e bestas de carga, as munições, utensílios de fortificação e assédio. Fale dos inumeráveis moços e escravos; critique o auge de comerciantes e cantineiros, faça pé firme nas prostitutas. A corrupção moral, o peculato e o venéreo oferecerão ao senhor seus generosos temas. Descreva também o grande forno portátil de pedra até as rodas, devido ao talento do engenheiro Caio Licínio Lícito, que ia assando o pão pelo caminho, a razão de mil unidades por quilômetro.

— Que prodígio!

— Há que se levar em conta que o forno pesava dezoito toneladas e que não fazia mais de três quilômetros por dia.

— Que atrocidade!

— Seja pertinaz. Fale sem parar das grandes concentrações de balistas. Seja generoso nas cifras, eu lhe proporciono as fontes. Diga que em tempos de Demétrio Poliorcetes chegaram a acumular oitocentas máquinas contra uma só cidade. O exército romano, incapaz de avançar, sofria demoras desastrosas, barrado pelo denso madeirame de suas máquinas guerreiras.

— Terei sucesso com isso?

— Conclua dizendo que a balista era uma arma psicológica, uma ideia de força, uma metáfora esmagadora.

— Terei sucesso com isso?

(Nesse momento o arqueólogo viu no chão uma pedra que lhe pareceu ser muito apropriada para pôr um ponto final a seu ensinamento. Era um pedregulho basáltico, graúdo e arredondado, de uns vinte quilos de peso. Desenterrando-o com grandes mostras de entusiasmo, colocou-o nos braços do aluno.)

O senhor tem sorte! Queria levar uma moeda de lembrança, e eis aqui o que o destino lhe oferece.

— Mas o que é isso?

— Um valioso projétil da época romana, disparado sem sombra de dúvida por uma dessas máquinas que tanto o preocupam.

(O estudante recebeu o presente um tanto confuso.)

— Mas... o senhor tem certeza?

— Leve esta pedra a Minnesota e ponha-a sobre sua mesa de conferencista. Causará uma forte impressão no auditório.

— O senhor acha?

— Eu mesmo lhe darei uma documentação em regra, para que as autoridades lhe permitam tirá-la da Espanha.

— Mas o senhor tem certeza de que esta pedra é um projétil romano?

(A voz do arqueólogo teve um exasperado acento sombrio.)

— Tão certo estou de que é, que se o senhor, em vez de vir agora, antecipa uns dois mil anos sua viagem a Numância, esta pedra, disparada por um dos artilheiros de Cipião, teria lhe arrebentado a cabeça.

(Ante aquela resposta contundente, o estudante de Minnesota ficou pensativo e apertou afetuosamente a pedra contra seu peito. Soltando por um momento um de seus braços, passou a mão pela testa, como querendo apagar, de uma vez por todas, o fantasma da balística romana.)

O sol tinha se posto já sobre a árida paisagem numantina. No leito seco do Merdancho brilhava uma nostalgia de rio. Os serafins do Ângelus voavam ao longe, sobre invisíveis aldeias. E mestre e discípulo ficaram imóveis, eternizados por um instantâneo regozijo, como dois blocos erráticos sob o crepúsculo cinzento.

UMA MULHER AMESTRADA

...et nunc manet in te...

Hoje me detive a contemplar este curioso espetáculo: em uma praça de subúrbio, um saltimbanco empoeirado exibia uma mulher amestrada. Embora a função se desse ao rés do chão e em plena rua, o homem dava a maior importância ao círculo de giz previamente traçado, segundo ele, com permissão das autoridades. Uma vez ou outra fazia os espectadores que ultrapassavam os limites dessa pista improvisada retrocederem. A corrente que ia da sua mão esquerda ao pescoço da mulher, não passava de um símbolo, já que o menor esforço haveria bastado para rompê-la. Muito mais impressionante era o chicote de seda frouxa que o saltimbanco sacudia no ar, orgulhoso, mas sem fazer um estalido.

Um pequeno monstro de idade indefinida completava o elenco. Golpeando seu tambor, dava fundo musical aos atos da mulher, que se reduziam a caminhar em posição ereta, a saltar alguns obstáculos de papel e resolver questões de aritmética elementar. Cada vez que uma moeda rodava pelo chão, havia um breve parêntesis teatral a cargo do público. "Beijos!", ordenava o saltimbanco. "Não. A esse não. Ao cavalheiro que atirou a moeda." A mulher não acertava, e uma meia dúzia de indivíduos se deixava beijar, arrepiados, entre risos e aplausos. Um guarda se aproximou dizendo que aquilo era proibido. O domador lhe estendeu um papel seboso com selos oficiais, e o policial foi embora mal-humorado, encolhendo os ombros.

Para falar a verdade, as graças da mulher não eram do outro mundo. Mas acusavam uma paciência infinita, francamente anormal, por parte do homem. E o público sabe agradecer sempre tais esforços. Paga para ver uma pulga vestida; e não tanto pela beleza do traje, mas pelo trabalho que custou pô-lo. Eu mesmo fiquei longo tempo vendo com admiração um inválido que fazia com os pés o que muitos poucos poderiam fazer com as mãos.

Guiado por um cego impulso de solidariedade, tirei os olhos da mulher e pus toda a minha atenção no homem. Não há dúvidas que o sujeito sofria. Quanto mais difíceis eram as ordens, mais trabalho ele tinha para sorrir. Cada vez que ela cometia uma besteira, o homem tremia angustiado. Eu entendi que a mulher não lhe era de todo indiferente e que havia se afeiçoado a ela, talvez nos anos de sua tediosa aprendizagem. Entre ambos existia uma relação, íntima e degradante, que ia mais além de domador e fera. Quem aprofundar-se nela chegará indubitavelmente a uma conclusão obscena.

O público, inocente por natureza, não se dá conta de nada e perde os pormenores que saltam à vista do observador cuidadoso. Admira o autor de um fenômeno, mas não lhe importam suas dores de cabeça nem os detalhes monstruosos que pode haver em sua vida privada. Atém-se simplesmente aos resultados, e quando lhe cai no gosto, não economiza seu aplauso.

A única coisa que posso dizer com certeza é que o saltimbanco, a julgar pelas suas reações, sentia-se orgulhoso e culpado. Evidentemente, ninguém poderia negar-lhe o mérito de haver amestrado a mulher; mas ninguém tampouco poderia aprovar a ideia de sua própria vileza. (Nesse ponto de minha meditação, a mulher dava cambalhotas em um estreito tapete de veludo desbotado.)

O guardião da ordem pública se aproximou novamente hostilizando o saltimbanco. Segundo ele, estávamos atrapalhando a circulação, quase o ritmo, da vida normal. "Uma mulher amestrada? Vão todos ao circo." O acusado respondeu outra vez com argumentos de papel sujo, que o policial leu de longe com asco. (A mulher, enquanto isso, recolhia moedas no seu gorro de lantejoulas. Alguns heróis se deixavam beijar; outros se afastaram modestamente, entre dignos e envergonhados.)

O representante da autoridade foi embora para sempre, mediante a assinatura popular de um suborno. O saltimbanco, fingindo a maior felicidade, ordenou ao anão do tambor que tocasse um ritmo tropical. A mulher, que estava se preparando para um número matemático, sacudia o ábaco de cores como se fosse pandeiro. Começou a dançar com gestos descompostos dificilmente atrevidos. Seu diretor se sentia extremamente desapontado, já que no fundo do seu coração reduzia todas as suas esperanças na prisão. Abatido e furioso, repreendia a lentidão da bailarina com adjetivos sangrentos. O público começou a contagiar-se de seu falso entusiasmo, e todos batiam palmas e sacudiam o corpo. Para completar o efeito, e querendo tirar da situação o melhor partido possível, o homem começou a bater na mulher com seu chicote de mentira. Então me dei conta do erro que estava cometendo. Pus meus olhos nela, simplesmente, como todos os demais. Deixei de olhar para ele, qualquer que fosse sua tragédia. (Nesse momento, mais lágrimas sulcavam seu rosto enfarinhado.)

Resolvido a desmentir as minhas ideias de compaixão e de crítica diante de todos, buscando em vão, com os olhos a permissão do saltimbanco, e antes que outro arrependido me tomasse a frente, saltei por cima da linha de giz para o círculo de contorções e cambalhotas.

Incitado por seu pai, o anão do tambor se soltou no instrumento, em um crescendo de percussões incríveis. Embalada por tão espontânea companhia, a mulher superou-se a si mesma e obteve um êxito estrondoso. Eu cadenciei meu ritmo ao seu e não perdi o pé nem pisada daquele movimento perpétuo, até que o menino deixou de tocar.

Como atitude final, nada me pareceu mais adequado do que cair bruscamente de joelhos.

PABLO

Uma manhã igual a todas, em que as coisas tinham o aspecto de sempre e enquanto o barulho dos escritórios do Banco Central se espalhava como uma chuva monótona, o coração de Pablo foi visitado pela graça. O caixa principal se deteve em meio às complicadas operações e seus pensamentos se concentraram em um ponto. A ideia da divindade encheu seu espírito, intensa e nítida como uma visão, clara como uma imagem sensorial. Um prazer estranho e profundo, que nas outras vezes havia chegado até ele como um reflexo momentâneo e fugaz, fez-se puro e durável e achou sua plenitude. Pareceu-lhe que o mundo estava habitado por inúmeros Pablos e nesse momento todos afluíam para seu coração.

Pablo viu Deus no princípio, pessoal e total, resumindo dentro de si todas as possibilidades da criação. Suas ideias voavam no espaço como anjos e a mais bela de todas era a ideia da liberdade, formosa e ampla como a luz. O universo, recém-criado e virginal, dispunha suas criaturas em ordens harmoniosas. Deus havia dado a vida, a quietude ou o movimento, mas havia ficado ele mesmo íntegro, inabordável, sublime. A mais perfeita de suas obras lhe era imensamente remota. Desconhecido em meio de sua onipotência criadora e motora, ninguém podia pensar nele nem sequer supô-lo. Pai de uns filhos incapazes de amá-lo sentiu-se inexoravelmente só e pensou no homem como a única possibilidade de verificar sua essência com plenitude. Soube, então, que o homem deveria conter as qualidades divinas; do contrário, ia ser outra criatura muda e submissa. E Deus, depois de uma longa espera, decidiu viver sobre a terra; decompôs seu ser em milhares de partículas e pôs o germe de todas elas no homem, para que um dia, depois de percorrer todas as formas possíveis da vida, essas partes errantes e arbitrárias se reunissem, formando outra vez o modelo original, isolando Deus e devolvendo-o à unidade. Assim ficará concluído o ciclo da existência universal e verificado totalmente o processo da criação, que Deus empreendeu um dia em que seu coração transbordava de amoroso entusiasmo.

Perdido na corrente do tempo, gota de água em um mar de séculos, grão de areia em um deserto infinito, ali está Pablo em sua mesa, com seu terno cinza xadrez e seus óculos de tartaruga artificial, com o cabelo castanho e liso dividido por uma risca minuciosa, com suas mãos que escrevem letras e números impecáveis, com sua ordenada cabeça de empregado contábil que consegue resultados infalíveis, que distribui as cifras em retas colunas, que nunca cometeu um erro, nem posto uma mancha nas páginas de seus livros. Ali está, inclinado sobre sua mesa, recebendo as primeiras palavras de uma mensagem extraordinária, ele, que ninguém conhece nem conhecerá jamais, mas que leva dentro de si a fórmula perfeita, o número acertado de uma imensa loteria.

Pablo não é bom nem mau. Seus atos respondem a um caráter cujo mecanismo é muito simples na aparência; mas seus elementos tardaram milhares de anos para reunir-se, e seu funcionamento foi previsto na aurora do mundo. Todo o passado humano precisou de Pablo. O presente está cheio de Pablos imperfeitos, melhores e piores, grandes e pequenos, famosos e desconhecidos. Inconscientemente, todas as mães trataram de tê-lo como filho, todas delegaram essa tarefa a seus descendentes, com a certeza de ser algum dia suas avós. Mas Pablo foi concebido como fruto indireto e remoto; sua mãe teve que morrer, ignorante, no momento mesmo do parto. E a chave do plano a que obedecia sua existência foi confiada a Pablo durante uma manhã qualquer, que não chegou precedida de nenhum aviso exterior, em que tudo era igual como sempre e em que tudo era o trabalho dentro dos extensos escritórios do Banco Central, com seu próprio barulho costumeiro.

Quando saiu do escritório, Pablo viu o mundo com outros olhos. Rendia uma silenciosa homenagem a cada um de seus semelhantes. Via os homens com o peito transparente, como animadas custódias e o branco símbolo resplandecia em todas. O Criador excelente ia contido em cada uma de suas criaturas e atestado nela. Desde esse dia, Pablo julgou a maldade de outra maneira: como o resultado de uma dose incorreta de virtudes, excessivas algumas, escassas as outras. E o conjunto deficiente engendrava virtudes falsas, que tinham todo o aspecto do mal.

Pablo sentia uma grande piedade por todos aqueles inconscientes portadores de Deus, que muitas vezes o esquecem e o negam, que o sacrificam em um corpo corrompido. Viu a humanidade que mergulhava, que buscava infatigavelmente o arquétipo perdido. Cada homem que nascia era um provável salvador; cada morto era uma fórmula falida. O gênero humano, desde o primeiro dia, efetua todas as combinações possíveis, ensaia todas as doses imagináveis com as partículas divinas que andam dispersas pelo mundo. A humanidade esconde penosamente na terra seus fracassos e contempla com emoção o renovado sacrifício das mães. Os santos e os sábios fazem renascer a esperança; os grandes criminosos do universo a frustram. Talvez antes da descoberta final a última decepção espera, e deve verificar-se a fórmula que realize ao homem mais exatamente contrário ao arquétipo, a besta apocalíptica que todos os séculos temeram.

Pablo sabia muito bem que ninguém deve perder a esperança. A humanidade é imortal porque Deus está nela e o que há no homem de perdurável é a eternidade própria de Deus. As grandes hecatombes, os dilúvios e os terremotos, a guerra e a peste não poderão acabar com o último casal. O homem nunca terá uma só cabeça, para que alguém possa ceifá-la de um golpe.

Desde o dia da revelação, Pablo viveu uma vida diferente. Acabaram para ele as preocupações e os entusiasmos passageiros. Pareceu-lhe que a sucessão habitual dos dias e das noites, das semanas e dos meses, havia acabado para ele. Acreditou viver em um só momento, enorme e detido, amplo e estático como uma ilhota na eternidade. Consagrava suas horas livres para a reflexão e a humildade. Todos os dias era visitado por claras ideias e seu cérebro ia se povoando de resplendores. Sem que pusesse nada de sua parte, o hálito universal o penetrava pouco a pouco e se sentia iluminado e transcendido, como se um grande golpe de primavera atravessasse a ramagem de seu ser. Seu pensamento se arejava nos mais altos cumes. Na rua, arrebatado por suas ideias, com a cabeça nas nuvens, custava trabalho recordar que estava sobre a terra. A cidade se transfigurava para ele. Os pássaros e as crianças lhe traziam felizes mensagens. As cores pareciam extremar sua qualidade e estavam como recém-postas nas coisas. Pablo gostaria de ver o mar e as grandes montanhas. Consolava-se com a grama e as fontes.

Por que os demais homens não compartilhavam com ele o prazer supremo? De seu coração, Pablo fazia a todos silenciosos convites. Às vezes, angustiava-lhe a solidão de seu êxtase. Todo o mundo era seu, e tremia como menino diante da enormidade do presente. Mas prometeu a si mesmo desfrutá-lo detalhadamente. De imediato, havia que dedicar a tarde a essa grande e formosa árvore, a essa nuvem branca e rosa que gira suavemente no céu, ao jogo dessa criança de cabelos loiros que roda sua bola sobre o gramado.

Naturalmente, Pablo sabia que cada uma das condições de seu prazer era a de ser um prazer secreto, intransferível. Comparou sua vida de antes com a de agora. Que deserto de estéril monotonia! Compreendeu que se alguém tivesse vindo então a revelar-lhe o panorama do mundo, ele teria ficado indiferente, vendo-o todo igual, irrelevante e vazio.

Não contou a ninguém a menor de suas experiências. Vivia em sua própria solidão, sem amigos íntimos e com os parentes distantes. Seu caráter retraído e silencioso facilitava a reserva. Só temeu que seu rosto pudesse revelar a transformação, ou que os olhos traíssem o brilho interior. Por sorte, nada disso acontecia. No trabalho e na casa de hóspedes ninguém notou mudança nenhuma, e a vida exterior transcorria exatamente igual à de antes.

Às vezes, uma lembrança isolada, da infância ou da adolescência, rompia de repente em sua memória para incluir-se em uma clara unidade. Pablo gostava de agrupar estas lembranças em torno da ideia central que enchia seu espírito, e se comprazia vendo neles uma espécie de presságio sobre seu destino ulterior. Presságios que não havia dado atenção porque eram breves e débeis, porque não havia aprendido ainda a decifrar essas mensagens que a natureza envia, fechadas em pequenas maravilhas, até o coração de cada homem. Agora se enchiam de sentido, e Pablo marcava o caminho de seu espírito, com brancas pedrinhas. Cada uma lhe recordava uma circunstância feliz, que ele podia, conforme seu desejo, voltar a viver.

Em certos momentos a partícula divina parecia tomar no coração de Pablo proporções incomuns, e Pablo se enchia de espanto. Recorria a sua comprovada humildade, julgando-se o mais ínfimo dos homens, o mais inepto portador de Deus, o ensaio mais desacertado na interminável busca.

A única coisa que podia desejar em seus momentos de maior ambição, era viver o momento da descoberta. Mas isto lhe pareceu impossível e desmedido. Via o impulso poderoso e aparentemente cego que faz o gênero humano para sustentar-se, para multiplicar cada vez mais o número dos ensaios, para oferecer sempre uma resistência indestrutível aos fenômenos que interrompem o curso da vida. Essa potência, esse triunfo, cada vez mais duramente alcançado, levava implícita a esperança e a certeza de que um dia existirá entre os homens o ser primigênio e final. Nesse dia acabará o instinto de preservação e de multiplicação. Todos os homens viventes ficarão supérfluos e irão desaparecendo absortos no ser que o conterá, que haverá de justificar a humanidade, os séculos, os milênios de ignorância, de vício, de busca. O gênero humano, limpo de todos os seus males, repousará para sempre no seio de seu criador. Nenhuma dor haverá sido baldia, nenhuma alegria vã: terão sido as dores e as alegrias multiplicadas de um só ser infinito.

A essa ideia feliz, que tudo justifica, sucedia às vezes em Pablo a ideia oposta, e o absorvia e o fatigava. O belo sonho que tão lucidamente sonhava, perdia claridade, ameaçava romper-se ou converter-se em pesadelo.

Deus poderia talvez não se recobrar nunca mais e ficar para sempre dissolvido e preso em milhões de cárceres, em seres desesperados que sentiam cada um sua fração da nostalgia de Deus e que incansavelmente se uniam para recuperá-lo, para recuperar-se nele. Mas a essência divina iria se desvirtuando pouco a pouco, como um precioso metal muitas vezes fundido e refundido, que vai se perdendo em ligas cada vez mais grosseiras. O espírito de Deus já não se expressaria senão na verdade enorme de sobreviver, fechando os olhos a milhões de fracassos, à diária e negativa experiência da morte. A partícula divina palpitaria violentamente no coração de cada homem, golpeando a porta de sua prisão. Todos responderiam a esse chamado com um desejo de reprodução cada vez mais torpe e sem sentido, e a integração de Deus se tornaria impossível, porque para isolar uma só partícula preciosa haveria que reduzir montanhas de escória, dessecar pântanos de iniquidade.

Nessas circunstâncias, Pablo era tomado pelo desespero. E do desespero brotou a última certeza, a que em vão havia tratado de protelar.

Pablo começou a perceber sua terrível qualidade de espectador e se deu conta de que ao contemplar o mundo, devorava-o. A contemplação nutria seu espírito, e sua fome de contemplar era cada vez maior. Não reconheceu os homens como seus próximos; sua solidão começou a crescer até se tornar insuportável. Via com inveja os demais, esses seres incompreensíveis que nada sabem e que põem todo seu espírito, deliberadamente, em mesquinhas ocupações, gozando e sofrendo em torno de um Pablo solitário e gigantesco, que respirava por cima de todas as cabeças um ar rarefeito e puro, que passava os dias confiscando e possuindo os bens dos homens.

A memória de Pablo começou a retroceder velozmente. Viveu sua vida dia por dia e minuto a minuto. Chegou à infância e à meninice. Seguiu adiante, mais além de seu nascimento, e conheceu a vida de seus pais e seus antepassados, até a última raiz de sua genealogia onde voltou a encontrar seu espírito feito senhor pela unidade.

Sentiu-se capaz de tudo. Poderia recordar o detalhe mais insignificante da vida de cada homem, encerrar o universo em uma frase, ver com seus próprios olhos as coisas mais distantes no tempo e no espaço, abarcar com seu punho as nuvens, as árvores e as pedras. Seu espírito se refugiou em si mesmo, cheio de temor. Uma timidez inesperada e extraordinária se apoderou de cada uma de suas ações. Escolheu a impassibilidade exterior como resposta ao ativo fogo que consumia suas entranhas. Nada devia mudar o ritmo da vida. Havia feito dois Pablos, mas os homens conheciam apenas um. O outro, o decisivo Pablo que podia fazer o balanço da humanidade e pronunciar um juízo adverso ou favorável, permaneceu ignorado, totalmente desconhecido dentro de seu fiel terno cinza xadrez, o olhar de seus olhos abismais protegidos por uns óculos de tartaruga artificial.

Em seu repertório infinito de recordações humanas, um relato insignificante, que talvez tenha lido na infância, sobressaía-se e machucava levemente seu espírito. O relato aparecia desprovido de contorno e situava suas frases sucintas no cérebro de Pablo: em uma aldeia montanhosa, um velho pastor estrangeiro conseguiu convencer todos os seus vizinhos de que era a própria encarnação de Deus. Durante algum tempo, gozou uma situação privilegiada. Mas veio a seca. As colheitas se perderam, as ovelhas morriam. Os crentes caíram sobre o deus e o sacrificaram sem piedade.

Em uma só ocasião Pablo esteve a ponto de ser descoberto. Em uma só vez esteve a sua verdadeira altura, ante os olhos de outro, e nesse caso Pablo não desmentiu sua condição e soube aceitar durante um instante o risco imenso.

Era um dia bonito, em que Pablo saciava sua sede universal passeando por uma das avenidas mais centrais da cidade. Um indivíduo o deteve de repente, na metade da calçada, reconhecendo-o. Pablo sentiu que um raio descia sobre ele. Ficou imóvel e mudo de surpresa. Seu coração bateu com violência, mas também com infinita ternura. Iniciou um passo e tratou de abrir os braços em um gesto de proteção, disposto a ser identificado, delatado, crucificado.

A cena, que a Pablo pareceu eterna, havia durado só breves segundos. O desconhecido pareceu duvidar uma última vez e depois, atordoado, reconhecendo seu equívoco, murmurou a Pablo uma desculpa, e seguiu adiante.

Pablo permaneceu um bom tempo sem andar, cheio de angústia, aliviado e ferido ao mesmo tempo. Compreendeu que seu rosto começava a denunciá-lo e redobrou seus cuidados. Desde então preferia passear somente ao crepúsculo e visitar os parques que nas primeiras horas da noite se tornavam agradáveis e sombrios. Pablo teve que vigiar estritamente cada um de seus atos e pôs todo empenho em suprimir o mais insignificante desejo. Propôs-se a não entorpecer minimamente o curso da vida, nem alterar o mais insignificante dos fenômenos. Praticamente anulou sua vontade. Tratou de não fazer nada para verificar por si mesmo sua natureza; a ideia da onipotência pesava em seu espírito, escurecendo-o.

Mas tudo era inútil. O universo penetrava em seu coração em abundância, restituindo a Pablo como um largo rio que devolvesse todo o torrencial de suas águas à fonte original. De nada servia que opusesse alguma resistência; seu coração se desdobra como uma planície, e sobre ele chovia a essência das coisas.

No próprio excesso de sua abundância, no cúmulo de sua riqueza, Pablo começou a sofrer pelo empobrecimento do mundo, que se esvaziava de seus seres, a perder seu calor e a deter seu movimento. Uma sensação transbordante de piedade e de lástima começou a invadi-lo até fazer-se insuportável.

Pablo se aflige por tudo: pela vida frustrada das crianças, cuja ausência começava a se notar já nos jardins e nas escolas; pela vida inútil dos homens e pela vã impaciência das grávidas que já não veriam o nascimento de seus filhos; pelos jovens casais que de repente se desfaziam, desgastado já o diálogo supérfluo, despedindo-se sem marcar um encontro para o dia seguinte. E temeu pelos pássaros, que esqueciam seus ninhos e iam voar sem rumo, perdidos, mal se sustentando em um ar sem movimento. As folhas das árvores começavam a amarelar e cair. Pablo estremeceu ao pensar que já não haveria outra primavera para elas, porque ele ia se alimentar com a vida de tudo o que morria. Sentiu-se capaz de sobreviver à lembrança do mundo morto, e seus olhos se encheram de lágrimas.

O coração terno de Pablo não precisava de um exame longo. Seu tribunal não chegou a funcionar para ninguém. Pablo decidiu que o mundo vivesse, e se comprometeu a devolver tudo o que andava lhe tirando. Tratou de recordar se no passado não havia algum outro Pablo que tivesse se precipitado, desde o alto de sua solidão, para viver no oceano do mundo um novo ciclo de vida dispersa e fugitiva.

Em uma manhã nublada, em que o mundo havia perdido já quase todas as suas cores e em que o coração de Pablo cintilava como um cofre cheio de tesouros, decidiu seu sacrifício. Um vento de destruição vagava pelo mundo, uma espécie de arcanjo negro com asas de tramontana e chuvisco que parecia ir apagando o perfil da realidade, prenunciando a última cena. Pablo o sentiu capaz de tudo, de dissolver as árvores e as estátuas, de destruir as pedras arquitetônicas, de levar em suas asas sombrias o último calor das coisas. Trêmulo, sem poder suportar um momento mais o espetáculo da desintegração universal, Pablo fechou-se em seu quarto e se dispôs a morrer. De qualquer modo, como um ínfimo suicida, deu fim a seus dias antes que fosse tarde demais, e abriu de par em par as comportas de sua alma.

A humanidade continua com empenho seus ensaios depois de haver escondido debaixo da terra outra fórmula falida. Desde ontem Pablo está outra vez conosco, em nós, buscando-se.

Esta manhã, o sol brilha com raro esplendor.

PARÁBOLA DA TROCA

Ao grito de "Troco esposas velhas por novas!" o vendedor percorreu as ruas do povoado arrastando seu séquito de carroças pintadas.

As transações foram muito rápidas, à base de preços inexoravelmente fixos. Os interessados receberam provas de qualidade e certificados de garantia, mas ninguém pôde escolher. As mulheres, segundo o comerciante, eram de vinte e quatro quilates. Todas loiras e todas circassianas. E mais que loiras, douradas como castiçais.

Ao ver a aquisição de seu vizinho, os homens corriam descontrolados atrás do traficante. Muitos ficaram arruinados. Somente um recém-casado pôde fazer troca simultânea. Sua esposa estava reluzente e não desmerecia ante nenhuma estrangeira. Mas não era tão loira como elas.

Eu fiquei tremendo atrás da janela, à passagem de uma carroça suntuosa. Recostada em almofadões e cortinas, uma mulher que parecia um leopardo me olhou deslumbrante, como de um bloco de topázio. Prisioneiro daquele contagioso frenesi, estive a ponto de me espatifar contra os vidros. Envergonhado, afastei-me da janela e virei o rosto para olhar para Sofia.

Ela estava tranquila, bordando sobre uma nova toalha de mesa as iniciais de costume. Alheia ao tumulto, espetou a agulha com seus dedos seguros. Só eu que a conheço podia notar sua tênue, imperceptível palidez. No final da rua, o vendedor lançou por último o chamado perturbante: "Troco esposas velhas por novas!" Mas eu fiquei com os pés cravados no chão, fechando os ouvidos para a oportunidade definitiva. Lá fora, o povoado respirava uma atmosfera de escândalo.

Sofia e eu jantamos sem dizer uma palavra, incapazes de qualquer comentário.

— Por que não me trocou por outra? – disse-me ao final, levando os pratos.

Não pude responder, e os dois ficamos mais afundados no vazio. Deitamos cedo, mas não podíamos dormir. Separados e silenciosos, nessa noite fizemos o papel de estátuas de pedra.

Desde então vivemos em uma pequena ilha deserta, rodeados pela felicidade tempestuosa. O povoado parecia um galinheiro infestado de pavões reais. Indolentes e voluptuosas, as mulheres passavam o dia todo jogadas na cama. Surgiam ao entardecer, resplandecentes aos raios do sol, como sedosas bandeiras amarelas.

Por nem um momento os maridos complacentes e submissos se separavam delas. Obstinados pelo mel, descuidavam de seu trabalho sem pensar no dia de amanhã.

Eu passei por tonto aos olhos da vizinhança, e perdi os poucos amigos que tinha. Todos pensaram que quis lhes dar uma lição, colocando o exemplo absurdo da fidelidade. Apontavam-me com o dedo, rindo, lançando-me alfinetadas de suas trincheiras opulentas. Puseram-me apelidos obscenos, e eu acabei sentindo-me como uma espécie de eunuco naquele éden prazenteiro.

De sua parte, Sofia tornou-se cada dia mais silenciosa e retraída. Negava-se a sair à rua comigo, para evitar contrastes e comparações. E o que é pior, cumpria de má vontade com seus mais estritos deveres de casada. Para dizer a verdade, nós dois nos sentíamos envergonhados de amores tão modestamente conjugais.

Seu ar de culpa era o que mais me ofendia. Sentiu-se responsável que eu não tivesse uma mulher como as outras. Pôs-se a pensar desde o primeiro momento que seu humilde semblante de todos os dias era incapaz de afastar a imagem da tentação que eu tinha na cabeça. Diante da beleza invasora, bateu em retirada até os últimos cantos do mudo ressentimento. Eu esgotei em vão nossas pequenas economias, comprando-lhe adornos, perfumes, joias e vestidos.

— Não tenha pena de mim!

E virava as costas a todos os presentes. Se me esforçava para mimá-la, vinha sua resposta entre lágrimas:

— Nunca te perdoarei por não ter me trocado!

E me culpava por tudo. Eu perdia a paciência. E me lembrando da que parecia um leopardo, desejava de todo o coração que voltasse a passar o vendedor.

Mas um dia as loiras começaram a oxidar-se. A pequena ilha em que vivíamos recobrou sua qualidade de oásis, rodeada pelo deserto. Um deserto hostil, cheio de selvagens berros de descontentamento. Deslumbrados à primeira vista, os homens não deram verdadeira atenção às mulheres. Nem lhes deram uma boa olhada, nem lhes ocorreu testar seu metal. Longe de serem novas, eram de segunda, terceira, de sabe Deus quantas mãos... O vendedor lhes fez simplesmente alguns reparos indispensáveis, e lhes deu um banho de ouro tão baixo e tão fino que não resistiu a prova das primeiras chuvas.

O primeiro homem que notou algo estranho se fez de desentendido, e o segundo também. Mas o terceiro, que era farmacêutico, notou um dia entre o aroma de sua mulher a característica emanação do sulfato de cobre. Procedendo com apreensão a um exame minucioso, achou manchas escuras na superfície da senhora e pôs a boca no mundo.

Não demorou muito para que aquelas pintas saíssem na cara de todas, como se entre as mulheres brotasse uma epidemia de ferrugem. Os maridos ocultaram uns dos outros as falhas de suas esposas, atormentando-se em segredo com terríveis suspeitas sobre sua procedência. Pouco a pouco a verdade saiu à luz, e cada um soube que havia recebido uma mulher falsificada.

O recém-casado que se deixou levar pela corrente de entusiasmo que despertaram as trocas, caiu em um profundo abatimento. Obcecado pela lembrança de um corpo de brancura inequívoca, logo deu mostras de transtorno. Um dia se pôs a remover com ácidos corrosivos os restos de ouro que havia no corpo de sua esposa, e a deixou uma lástima, uma verdadeira múmia.

Sofia e eu nos encontramos à mercê da inveja e do ódio. Diante dessa atitude geral, achei ser conveniente tomar algumas precauções. Mas a Sofia custava dissimular seu júbilo, e deu de sair à rua com suas melhores indumentárias, fazendo-se de gloriosa entre tanta desolação. Longe de atribuir algum mérito à minha conduta, Sofia pensava naturalmente que eu tinha ficado com ela por ser covarde, mas que não me faltou vontade de trocá-la.

Hoje saiu do povoado a expedição dos maridos enganados, que vão à caça do vendedor. Foi verdadeiramente um triste espetáculo. Os homens levantavam aos céus os punhos, jurando vingança. As mulheres iam de luto, murchas e desgrenhadas, como plangentes leprosas. O único que ficou é o famoso recém-casado, por cuja razão se teme. Dando provas de um apego maníaco, disse que agora será fiel até que a morte o separe da mulher enegrecida, essa que ele mesmo acabou de danificar à base de ácido sulfúrico.

Eu não sei a vida que me aguarda ao lado de Sofia, quem sabe se insensata ou se prudente. De momento, vão lhe faltar admiradores. Agora estamos em uma ilha verdadeira, rodeada por solidão por todas as partes. Antes de irem embora, os maridos declararam que buscarão até o inferno os rastros do vigarista. E realmente, todos punham uma cara de condenados ao falar.

Sofia não é tão morena como parece. À luz da lâmpada, seu rosto adormecido vai se enchendo de reflexos. Como se do sonho saíssem dela leves, dourados pensamentos de orgulho.

UM PACTO COM O DIABO

Embora tenha me apressado e chegado ao cinema correndo, o filme já havia começado. Na sala escura, tratei de encontrar lugar. Fiquei ao lado de um homem de aspecto distinto.

— O senhor me perdoe - disse-lhe -, não poderia contar brevemente o que aconteceu na tela?

— Sim. Daniel Brown, a quem o senhor vê ali, fez um pacto com o diabo.

— Obrigado. Agora quero saber as condições do pacto: poderia explicar-me?

— Com muito prazer. O diabo se compromete a proporcionar a riqueza a Daniel durante sete anos. Naturalmente, em troca de sua alma.

— Só sete?

— O contrato pode ser renovado. Há pouco, Daniel Brown assinou-o com um pouco de sangue.

Eu podia completar o argumento do filme com esse dados. Eram suficientes, mas quis saber alguma coisa mais. O complacente desconhecido parecia ser homem de critério. Quando Daniel punha na bolsa uma boa quantidade de moedas de ouro, perguntei:

— Em sua opinião, qual dos dois se comprometeu mais?
— O diabo.
— Como assim? – repliquei surpreso.
— A alma de Daniel Brown, creia-me senhor, não valia grande coisa no momento em que ele a entregou.
— Então o diabo...
— Vai sair muito prejudicado no negócio, porque Daniel se manifesta muito ávido por dinheiro, olhe.

Efetivamente Brown gastava o dinheiro aos montes. Sua alma de camponês se arruinava. Com olhos de reprovação, meu vizinho acrescentou:

— Assim já chegará ao sétimo ano.

Tive um estremecimento. Daniel Brown me inspirava simpatia. Não pude deixar de perguntar:

— Senhor, perdoe-me, mas não se viu pobre em nenhuma ocasião?

O perfil do meu vizinho, esfumado na escuridão, sorriu debilmente. Tirou os olhos da tela onde já Daniel Brown começava a sentir remorso e disse sem me olhar:

— Ignoro o que possa ser a pobreza e o senhor sabe?
— Sendo assim...
— No entanto, sei muito bem o que se pode fazer em sete anos de riqueza.

Fiz um esforço para compreender o que seriam esses anos, e vi a imagem de Paulina, sorridente, com uma roupa nova e rodeada de coisas bonitas. Esta imagem deu origem a outros pensamentos:

— O senhor acabou de dizer que a alma de Daniel Brown não valia nada; como, então, o diabo deu tanto a ele?

— A alma desse pobre rapaz pode melhorar, os remorsos podem fazê-la crescer – contestou filosoficamente meu vizinho, agregando depois com malícia –, então o diabo não terá perdido seu tempo.

— E se Daniel se arrepender?...

Meu interlocutor pareceu desgostoso pela piedade que eu manifestava. Fez um movimento como se fosse falar, mas somente saiu de sua boca um pequeno ruído gutural.

Eu insisti:

— Porque Daniel Brown poderia se arrepender, e então..

— Não seria a primeira vez que essas coisas sairiam mal para o diabo. Alguns já escaparam de suas mãos, apesar do contrato.

— Realmente é muito pouco honrado – disse, sem pensar.

— O que o senhor está dizendo?

— Se o diabo cumpre, com maior razão deve o homem cumprir – acrescentei como para me explicar.

— Por exemplo... – e meu vizinho fez uma pausa cheia de interesse.

— Aqui está Daniel Brown – contestei -. Adora sua mulher. Observe a casa que comprou para ela. Por amor deu sua alma e deve cumprir.

Estas razões desconcertaram muito meu companheiro.

— Perdoe-me – disse -, há alguns instantes atrás o senhor estava do lado de Daniel.

— E sigo do seu lado. Mas deve cumprir.

— O senhor cumpriria?

Não pude responder. Na tela, Daniel Brown estava sombrio. A opulência não bastava para esquecer sua vida simples de camponês. Sua casa era grande e luxuosa, mas estranhamente triste. Os trajes pomposos e as joias assentavam mal em sua mulher. Parecia tão mudada!

Os anos transcorriam velozes e as moedas saltavam rápidas das mãos de Daniel, como antigamente a semente. Mas atrás dele, em lugar de plantas, cresciam tristezas, remorsos.

Fiz um esforço e disse:

— Daniel deve cumprir. Eu também cumpriria. Nada existe pior que a pobreza. Sacrificou-se por sua mulher, o resto não importa.

— O senhor disse bem. Compreende porque também tem mulher, não é verdade?

— Daria qualquer coisa para que nada faltasse a Paulina.

— Sua alma?

Falávamos em voz baixa. No entanto, as pessoas que nos rodeavam pareciam incomodadas. Várias vezes nos haviam pedido que nos calássemos. Meu amigo, que parecia vivamente interessado na conversa, disse-me:

— O senhor não quer que saiamos para um dos corredores? Poderemos ver mais tarde o filme.

Não pude recusar e saímos. Olhei pela última vez a tela: Daniel Brown confessava chorando para sua mulher o pacto que havia feito com o diabo.

Eu seguia pensando em Paulina, no desesperado aperto em que vivíamos, na pobreza que ela suportava docemente e que me fazia sofrer muito mais. Decididamente não compreendia Daniel Brown, que chorava com o bolso cheio.

— O senhor é pobre?

Havíamos atravessado a sala e entrávamos em um estreito corredor, escuro e com um leve cheiro de umidade. Ao transpor a cortina gasta, meu acompanhante voltou a me perguntar:

— O senhor é muito pobre?

— Hoje – respondi -, as entradas do cinema custam menos que o normal e, no entanto, o senhor não sabe a luta que foi para me decidir gastar esse dinheiro. Paulina se empenhou para que eu viesse; precisamente por discutir com ela, cheguei tarde ao cinema.

— Então, um homem que resolve seus problemas tal como o fez Daniel, que importância merece?

— É coisa para pensar. Meus assuntos andam muito mal. As pessoas já não se cuidam para vestir. Vão de qualquer jeito. Reparam suas roupas, limpam, consertam uma e outra vez. Paulina mesmo sabe se virar muito bem. Faz combinações e acréscimos, improvisa trajes; o certo é que há muito tempo não tem um vestido novo.

— Prometo fazer-me seu cliente – disse meu interlocutor, compadecido -; nesta semana encomendarei um par de vestidos.

— Obrigado. Paulina tinha razão ao me pedir que viesse ao cinema; quando souber disso, vai ficar muito contente.

— Poderia fazer algo mais pelo senhor – acrescentou o novo cliente -; por exemplo, eu gostaria de lhe propor um negócio, fazer uma compra...

— Perdão –contestei com rapidez -, já não temos nada para vender: o último, uns brincos de argola de Paulina...

— Pense bem, há algo que talvez esqueça...

Fiz como se meditasse um pouco. Houve uma pausa que meu benfeitor interrompeu com voz estranha:

— Reflita bem. Veja, ali o senhor tem Daniel Brown. Pouco antes do senhor chegar, não tinha nada para vender e, no entanto...

Notei, de repente, que o rosto daquele homem se fazia mais agudo. A luz vermelha de um letreiro na parede dava a seus olhos um fulgor estranho, como fogo. Ele percebeu meu atordoamento e disse com voz clara e distinta:

— A estas alturas, meu senhor, seria inútil uma apresentação. Estou completamente a seu dispor.

Fiz instintivamente o sinal da cruz com minha mão direita, mas sem tirá-la do bolso. Isto pareceu tirar a virtude do símbolo, porque o diabo, recompondo o nó de sua gravata, disse com toda calma:

— Aqui, na carteira, tenho um documento que...

Eu estava perplexo. Voltava a ver Paulina de pé no umbral de casa, com sua roupa graciosa e desbotada, na atitude que estava quando saí: o rosto inclinado e sorridente, as mãos escondidas nos pequenos bolsos de seu avental. Pensei que nossa sorte estava em minhas mãos. Esta noite mal tínhamos o que comer. Amanhã haveria manjares sobre a mesa. E também vestidos e joias, e uma casa grande e formosa. E a alma?

Enquanto estava perdido em tais pensamentos, o diabo tinha tirado um papel ruidoso e em uma de suas mãos brilhava uma agulha.

"Daria qualquer coisa para que nada te faltasse." Isto eu havia dito muitas vezes à minha mulher. Qualquer coisa. A alma? Agora estava na minha frente aquele que poderia fazer efetivas minhas palavras. Mas eu seguia pensando. Não tinha certeza. Sentia uma espécie de vertigem. Bruscamente me decidi:

— Trato feito. Somente imponho uma condição.

O diabo, que já tratava de espetar meu braço com a agulha, pareceu desconcertado:

— Que condição?

— Eu gostaria de ver o final do filme – respondi.

— Mas que lhe importa o que ocorra a esse imbecil de Daniel Brown! Além do mais, isso é apenas uma história. Deixe isso para lá e assine, o documento está em ordem, só falta sua assinatura, aqui nesta linha.

A voz do diabo era insinuante, ladina, como um som de moedas de ouro. Acrescentou:

— Se o senhor quiser posso dar agora mesmo um adiantamento.

Parecia um comerciante astuto. Eu respondi com energia:

— Preciso ver o final do filme. Depois assinarei.

— O senhor me dá sua palavra?

— Sim.

Entramos de novo na sala. Eu não via nada, mas meu guia soube achar facilmente os assentos.

Na tela, quer dizer, na vida de Daniel Brown, tinha acontecido uma mudança surpreendente, devido a não sei que misteriosas circunstâncias.

Uma casa camponesa, desconjuntada e pobre. A mulher de Brown estava junto ao fogo, preparando a comida. Era o crepúsculo e Daniel voltava do campo com a enxada no ombro. Suado, fatigado, com sua grosseira roupa cheia de pó, parecia, no entanto, feliz.

Apoiado na enxada, permaneceu junto da porta, sua mulher se aproximou sorrindo. Os dois contemplaram o dia que acabava docemente, prometendo a paz e o descanso da noite. Daniel olhou com ternura para sua esposa, depois percorrendo com os olhos a limpa pobreza da casa, perguntou:

— Mas, você não tem saudade da nossa passada riqueza? Não te fazem falta todas as coisas que tínhamos?

A mulher respondeu lentamente:

— Tua alma vale mais que tudo isso, Daniel...

O rosto do camponês foi se iluminando, seu sorriso parecia estender-se, encher toda a casa, sair da paisagem. Uma música surgiu desse sorriso e parecia dissolver pouco a pouco as imagens. Então, da casa feliz e pobre de Daniel Brown brotaram três letras brancas que foram crescendo, crescendo, até encher toda a tela.

Sem saber como, me vi de repente no meio do tumulto que saía da sala, empurrando, atropelando, abrindo passagem com violência. Alguém agarrou meu braço e tratou de me segurar. Com grande energia me soltei, e logo saí para a rua.

Era de noite. Comecei a caminhar depressa, cada vez mais depressa, até que acabei correndo. Não virei a cabeça nem me detive até chegar em casa. Entrei o mais tranquilamente que pude e fechei a porta com cuidado.

Paulina me esperava.

Colocando os braços no meu pescoço, disse:

— Você parece agitado.

— Não, nada, é que...

— Você não gostou do filme?

— Sim, mas...

Eu estava perturbado. Levei as mãos aos olhos. Paulina ficou me olhando, e depois, sem poder se conter, começou a rir, a rir alegremente de mim, que deslumbrado e confuso fiquei sem saber o que dizer. Ainda sorrindo, exclamou com festivo ar de reprovação:

— É possível que você tenha dormido?

Estas palavras me tranquilizaram. Mostraram um caminho. Envergonhado, respondi:

— É verdade, dormi.

E depois, em tom de desculpa, acrescentei:

— Tive um sonho e vou te contar.

Quando acabei meu relato, Paulina disse que era o melhor filme que eu podia haver contado. Parecia contente e riu muito.

No entanto, quando eu me acomodava para dormir, pude ver como ela, sigilosamente, traçava com um pouco de cinza o sinal da cruz sobre o umbral de nossa casa.

O CONVERTIDO

Tudo ficou resolvido entre mim e Deus no momento em que aceitei suas condições. Renuncio a meus propósitos e dou por terminadas as minhas funções apostólicas. O inferno não poderá ser suprimido; toda obstinação de minha parte será inútil e contraproducente. Deus se mostrou claro e definitivo nisto, e nem sequer me permitiu chegar às últimas proposições.

Entre outros deveres, assumi o de fazer voltar atrás a meus discípulos. Aos da terra, se me entende. Os do inferno seguirão esperando inexoravelmente meu regresso. Em lugar da redenção prometida, eu não haverei feito mais que acrescentar um novo suplício: o da esperança. Deus o quis assim.

Eu devo voltar ao ponto de partida. Deus se nega a iluminar-me e devo colocar meu espírito no plano em que se achava antes de seguir o caminho equivocado, isto é, nas vésperas de receber as ordens menores.

Nosso colóquio se desenvolveu no lugar que ocupo desde que fui arrebatado do inferno. É algo assim como uma cela aberta no infinito e ocupada totalmente por meu corpo.

Deus não atendeu de imediato. Pelo contrário, a minha espera pareceu uma eternidade, e um sentimento de postergação indizível me fazia sofrer mais que todos os suplícios anteriores. A dor passada era uma lembrança grata de certa maneira, já que dava ocasião de comprovar minha existência e de perceber os contornos de meu corpo. Ali, em troca, podia me comparar a uma nuvem, a uma ilhota sensível, de margens constituídas por estados cada vez mais inconscientes, de maneira que não conseguia saber onde existia nem em que ponto me comunicava com o nada.

A única capacidade era o pensamento, sempre mais abundante e potente. Na solidão tive tempo de andar e desandar numerosos caminhos; reconstruí peça por peça edifícios imaginários; perdi-me em meu próprio labirinto, e só achei a saída quando a voz de Deus veio me buscar. Milhões de ideias me puseram em fuga, e senti que minha cabeça era a bacia de um oceano que de repente se esvaziava.

É desnecessário esclarecer que foi Deus quem dispôs todas as condições do pacto, e que para mim só reservou o privilégio de aceitá-las. Não fortaleceu meu juízo de modo algum; o arbítrio foi tão completo, que sua imparcialidade me parece falta de misericórdia. Limitou-se a indicar dois caminhos: recomeçar a vida, ou ir de novo ao inferno.

Todos dirão que o assunto não era para pensar e que devia decidir imediatamente. Mas tive muito que hesitar. Voltar atrás não é coisa fácil; trata-se nada mais nada menos que inaugurar uma vida desfazendo os erros e salvando os obstáculos de outra; e isto, para um homem que não deu mostras de grande discernimento, exige uma serenidade e uma resignação que mesmo Deus sente saudade em mim. Não seria difícil errar outra vez e que o caminho da salvação se desviasse novamente até o abismo.

Além disso, em minha conduta futura está incluída toda uma série de atos insuportáveis, de humilhações sem conta: devo submeter-me e esclarecer publicamente minha nova situação. Todos devem saber, discípulos e inimigos. Os superiores cuja autoridade desprezei receberão as mostras cumpridas de minha obediência. Juro que se entre tais pessoas não se encontrasse frei Lorenzo, a coisa não seria tão grave. Mas é ele precisamente quem deve inteirar-se primeiro e aparecer como agente de minha salvação. Terá a seu encargo a vigilância estrita da minha vida, e cada uma de minhas ações deverá desnudar-se diante de seus olhos.

Voltar ao inferno é também uma ideia desalentadora; porque não se trata unicamente de condenação e, sim, de algo mais fundamental: do fracasso de todo meu trabalho. Minha presença no inferno carece já de sentido, não tem importância, desde o momento em que voltaria incapacitado para convencer alguém, para alentar a menor esperança, já que Deus pôs um ponto final nos meus sonhos. Isto, descontando a naturalíssima circunstância de que no inferno todos haveriam de sentir-se defraudados. Chamando-me de farsante e traidor, dariam à minha mudança interpretações malignas e torcidas; dedicar-se-iam, sem dúvida nenhuma, a martirizar-me *in aeternum* por sua conta...

E aqui estou, à borda do tempo, acompanhado de minhas mais precárias qualidades, falando de medos mesquinhos, gabando-me de amor próprio. Porque não posso esquecer o êxito que tive no inferno. Um triunfo, atrevo-me a assegurar-lhe, que não viram os apóstolos da terra. Era um espetáculo grandioso, e no meio estava minha fé inquebrantável, multiplicada, como uma espada resplandecente nas mãos de todos.

Fui dar de cara no inferno, mas não duvidei um só instante. Rodeado de diabos tenebrosos, a ideia de perdição não pôde abrir caminho em minha cabeça. Legiões de homens sofriam tormento em máquinas horríveis; no entanto, a cada feito desolador, minha fé respondia: Deus quer me provar.

As dores que meus verdugos me causaram na terra não pareciam interromper-se, mas achavam uma exata continuação. Deus mesmo examinou todas as minhas feridas e não pôde discernir quais foram causadas no mundo e quais provinham de mãos diabólicas.

Não sei quanto estive no inferno, mas recordo com claridade a rapidez e a grandeza do apostolado. Tomei para mim incansavelmente a tarefa de transmitir aos demais as convicções próprias: não estávamos definitivamente condenados; o castigo subsistia graças à atitude rebelde e desesperada. Em vez de blasfemar, tinha que dar mostras de sacrifício, de humildade. A dor seria a mesma e nada ia perder em fazer a prova. Logo Deus viraria sua vista para nós, para dar-se conta de que havíamos compreendido seus fins secretos. As chamas cumpririam sua obra de purificação e as portas do céu iam se abrir já aos primeiros perdoados.

Logo começou a tomar forma meu canto de esperança. O veio da fé começou a refrescar os corações endurecidos, com seu doce acento esquecido. Devo confessar certamente que para muitos aquilo significava só uma espécie de novidade ao longo da cruel monotonia. Mas ao clamor se uniram até os mais empedernidos, e houve demônios que esqueceram sua condição e se somavam decididos a nossas fileiras. Viram-se, então, coisas surpreendentes: condenados que iam eles mesmos aos fornos e aplicavam contra o seu peito brasas e cautérios, que saltavam às caldeiras ferventes e bebiam com deleite longos copos de chumbo fundido. Demônios trêmulos de compaixão iam até eles e os obrigavam a descansar, fazer uma trégua em sua atitude comovedora. De lugar abjeto e abissal, o inferno se transformou em santo refúgio de espera e penitência.

Que farão eles agora? Terão voltado à sua rebeldia, a seu desespero, ou estarão aguardando com angústia meu regresso a um inferno que já não poderei olhar com olhos de iluminado?

Eu que rechacei todos os argumentos humanos, que vi sorrir o rosto de Deus por trás de todos os tormentos, devo confessar agora meu fracasso, cabe-me o alívio de que foi o próprio Deus quem me desenganou, e não frei Lorenzo. Foi-me imposto o sacrifício de reconhecê-lo como salvador para castigar suficientemente minha vaidade; e o orgulho que não se interrompeu nos flagelos, irá dobrar-se ante seus olhos cruéis.

E tudo porque eu pus minha vida nas mãos de Deus. Coisa surpreendente, pôr a vida nas mãos de Deus traz os piores resultados. A Deus ofende uma fé cega; pede uma fé vigilante, sobressaltada. Eu aniquilei totalmente a vontade, e por meu espírito e por meu corpo transitaram livremente os instintos e as virtudes. Em vez de me dedicar a classificar, pus todas as forças na fé, para fazer de minha quietude uma chama recôndita e potente; e as ações eu deixei ao capricho dessa força obscura e universal que move tudo que existe sobre a terra.

Tudo isto veio abaixo de golpe, quando me dei conta de que os atos, bons ou maus, que eu havia enviado ao depósito da consciência geral – vã criação de nossa mente de hereges – achavam-se estritamente anotados em minha conta pessoal. Deus me fez comprovar a existência de balanças e registros; assinalou um por um meus erros e me pôs diante dos olhos a afronta de um saldo negativo. Eu não tive a meu favor mais que a fé, uma fé totalmente errada, mas cuja solvência Deus quis reconhecer.

Dou-me conta de que em meu caso se comprova a predestinação, mas ignoro se estarei a salvo durante a nova tentativa. Deus fortaleceu reiteradamente minha incerteza e me soltou de suas mãos sem uma só prova palpável, com igual perturbação ante os diferentes caminhos que se abrem a meus olhos inexperientes. A capacidade humana foi cuidadosamente restaurada; vejo tudo como um sonho e não trago nem uma só verdade como bagagem.

Pouco a pouco as fronteiras de meu corpo se reduzem. O vago continente vai incorporando-se à massa de minha pessoa. Sinto que a pele envolve e limita a substância que se havia derramado num universo de inconsciência. Renascem lentamente os sentidos e me comunicam com o mundo e seus objetos. Estou em minha cela, sobre o chão. Vejo o crucifixo da parede. Movo uma perna, apalpo minha testa. Meus lábios se mexem; percebo já o sopro da vida e trato de articular, de ensaiar as palavras terríveis: "Eu, Alonso de Cedillo, me retrato e abjuro..." depois, em frente à grade, com sua lanterna na mão, observando-me, distingo frei Lorenzo.

O SILÊNCIO DE DEUS

Creio que isto não é um costume: deixar cartas abertas sobre a mesa para que Deus as leia.

Perseguido por dias velozes, acossado por ideias tenazes, vim parar nesta noite como a uma ponta de beco sombria. Noite posta às minhas costas como um muro e aberta na minha frente como uma pergunta inesgotável.

As circunstâncias me pedem um ato desesperado e ponho esta carta diante dos olhos que tudo veem. Retrocedi desde a infância, postergando esta hora em que caio por fim. Não trato de aparecer diante de ninguém como o mais atribulado dos homens. Nada disso. Perto ou longe deve haver outros que também foram encurralados em noites como esta. Mas eu pergunto: como fizeram para seguir vivendo? Saíram sequer com vida da travessia?

Preciso falar e ter confiança; não tenho destinatário para minha mensagem de náufrago. Quero acreditar que alguém vai recolhê-la, que minha carta não flutuará no vazio, aberta e só, como sobre um mar inexorável.

É pouco uma alma que se perde? Milhares caem sem cessar, necessitadas de apoio, desde o dia em que se levantam para pedir as chaves da vida. Mas eu não quero sabê-las, não pretendo que caiam em minhas mãos as razões do universo. Não vou buscar nesta hora de sombra o que não acharam em espaços de luz os sábios e os santos. Minha necessidade é breve e pessoal.

Quero ser bom e solicito umas informações. Isso é tudo. Estou vacilante em uma vertigem de incerteza, e minha mão, que sai por último à superfície, não encontra um galho para se segurar. E é pouco o que me falta, o dado simples que necessito.

Há algum tempo venho dando certo rumo às minhas ações, uma orientação que me pareceu razoável, e estou alarmado. Temo ser vítima de um equívoco, porque para mim tudo, até agora, saiu muito mal.

Sinto-me sumamente desapontado ao comprovar que minhas fórmulas de bondade produzem sempre um resultado explosivo. Minhas balanças funcionam mal. Há algo que me impede escolher com clareza os ingredientes do bem. Sempre se adere uma partícula maligna e o produto estoura em minhas mãos.

É porque estou incapacitado para a elaboração do bem? Doeria em mim reconhecê-lo, mas sou capaz de aprender.

Não sei se a todos acontece o mesmo. Eu passo a vida cortejado por um afável demônio que delicadamente me sugere maldades. Não sei se tem uma autorização divina: o certo é que não me deixa em paz nem um momento. Sabe dar à tentação atrativos insuperáveis. É sutil e oportuno. Como um prestidigitador, tira coisas horríveis dos objetos mais inocentes e está sempre provido de extensas séries de maus pensamentos que projeta na imaginação como rolos de filme. Digo com toda a sinceridade: nunca vou ao mal com passos deliberados; ele facilita trajetos, põe todos os caminhos em declive. É o sabotador da minha vida.

A quem interessar possa, consigo aqui o primeiro dado de minha biografia moral: um dia na escola, nos primeiros anos, a vida me pôs em contato com uns meninos que sabiam coisas secretas, atraentes, que participavam com mistério.

Naturalmente, não me conto entre as crianças felizes. Uma alma infantil que guarda pesados segredos é algo que voa mal, é um anjo lastrado que não pode tomar altura. Meus dias de menino, que decoraram suaves paisagens, ostentam frequentemente manchas deploráveis. O maligno, com aparições pontuais de fantasma, transformava meus sonhos em pesadelo e punha nas lembranças pueris um sabor pungente e criminoso.

Quando soube que Deus olhava todos os meus atos tratei de esconder-lhe os maus em cantos escuros. Mas ao fim, seguindo a indicação de pessoas adultas, mostrei abertos meus segredos para que fossem examinados em tribunal. Soube que entre mim e Deus havia intermediários, e durante muito tempo tramitei meus assuntos por seu canal, até que um mal dia, passada a infância, pretendi tratá-los pessoalmente.

Então se suscitaram problemas cujo exame foi sempre postergado. Comecei a retroceder diante deles, a fugir de sua ameaça, a viver dias e dias fechando os olhos, deixando ao bem e ao mal que fizessem conjuntamente seu trabalho. Até que um dia, voltando a olhar, tomei partido de um dos dois íntimos adversários.

Com ânimo cavalheiresco, coloquei-me ao lado do mais débil. Aqui está o resultado de nossa aliança:

Perdemos todas as batalhas. De todos os encontros com o inimigo saímos invariavelmente derrotados e aqui estamos, batendo outra vez em retirada durante esta noite memorável.

Por que o bem é tão indefeso? Por que se deixa cair tão cedo? Mal se elaboram cuidadosamente umas horas de fortaleza, quando o golpe de um minuto vem pôr abaixo toda a estrutura. Cada noite me encontro esmagado pelos escombros de um dia destruído, de um dia que foi belo e amorosamente edificado.

Sinto que um dia não me levantarei mais, que decidirei viver entre ruínas, como uma lagartixa. Agora, por exemplo, minhas mãos estão cansadas para o trabalho de amanhã. E se não vem o sono, sequer o sonho como uma pequena morte para saldar a conta pesarosa deste dia, em vão esperarei minha ressurreição. Deixarei que forças obscuras vivam em minha alma e a empurrem, em parafuso, até uma queda acelerada.

Mas também pergunto: pode-se viver para o mal? Como se consolam os maus de não sentir em seu coração a ânsia tumultuosa do bem? E se detrás de cada ato malévolo se esconde um exército de castigo, como fazem para defender-se? De minha parte perdi sempre essa luta, e conjuntos de remorso me perseguem como espadachins até o beco desta noite.

Muitas vezes examinei com satisfação um certo grupo de atos bem disciplinados e quase vitoriosos, e bastou a menor lembrança inimiga para os pôr em fuga. Vejo-me obrigado a reconhecer que muitas vezes sou bom só porque me faltam oportunidades aceitáveis para ser mau, e lembro com amargura até onde pude chegar nas ocasiões em que o mal pôs todos os atrativos ao meu alcance.

Então, para conduzir a alma que me foi outorgada, peço, com a voz mais urgente, um dado, um sinal, uma bússola.

O espetáculo do mundo me desorientou. Sobre ele desemboca ao acaso e confunde tudo. Não há lugar para recolher uma série de feitos e confrontá-los. A experiência vai brotando sempre detrás de nossos atos, inútil como a moral da história.

Vejo os homens em torno de mim, levando vidas ocultas, inexplicáveis. Vejo as crianças que bebem de vozes contaminadas, e a vida como ama de leite criminosa que os alimenta de venenos. Vejo povos que disputam as palavras eternas, que se dizem prediletos ou eleitos. Através dos séculos, veem-se hordas de sanguinários e de imbecis; e de repente, aqui e ali, uma alma que parece marcada com um selo divino.

Olho os animais que suportam docemente seu destino e que vivem sob normas diferentes; os vegetais que se consomem depois de uma vida misteriosa e pujante, e os minerais duros e silenciosos.

Enigmas sem cessar caem em meu coração, fechados como sementes que uma seiva interior faz crescer.

De cada uma das impressões que a mão de Deus deixou sobre a terra, distingo e sigo o rastro. Ponho aguçadamente o ouvido no rumor informe da noite, inclino-me ao silêncio que se abre de repente e que um som interrompe. Espio e trato de ir até o fundo, de embarcar no conjunto, de somar-me ao todo. Mas fico sempre isolado; ignorante, individual, sempre à margem.

Da margem então, do embarcadouro, dirijo esta carta que vai se perder no silêncio...

Efetivamente, sua carta foi dar no silêncio. Mas ocorre que eu me encontrava ali em tais momentos. As galerias do silêncio são muito extensas e fazia muito que não as visitava. Desde o princípio do mundo todas essas coisas vêm parar aqui. Há uma legião de anjos especializados que se ocupam em transmitir as mensagens da terra. Depois de serem cuidadosamente classificadas, guardam-nas em uns arquivos dispostos ao longo do silêncio.

Não se surpreenda porque respondo uma carta que segundo o costume deveria ficar arquivada para sempre. Como você mesmo pediu, não vou pôr em suas mãos os segredos do universo, mas dar a você umas quantas indicações de proveito. Creio que será o suficientemente sensato para não achar que me tem do seu lado, nem há razão alguma para que vá conduzir-se a partir amanhã como um iluminado.

De resto, minha carta vai escrita com palavras. Material evidentemente humano, minha intervenção não deixa rastro nelas; acostumado ao manejo de coisas mais espaçosas, estes sinais, esquivos como seixos, resultam pouco adequados para mim. Para me expressar adequadamente, deveria empregar uma linguagem condicionada à minha substância. Mas voltaríamos a nossas eternas posições e você ficaria sem me entender. Assim, pois, não busque em minhas frases atributos excelsos: são suas próprias palavras, incolores e naturalmente humildes que eu exercito sem experiência.

Há em sua carta um tom que eu gosto. Acostumado a ouvir somente recriminações ou orações, sua voz tem um timbre de novidade. O conteúdo é velho, mas há nela sinceridade, uma lamentação de filho dolente e uma falta de altivez.

Compreenda que os homens se dirigem a mim de dois modos: ora o êxtase do santo, ora as blasfêmias do ateu. A maioria utiliza também para chegar até aqui uma linguagem sistematizada em orações mecânicas que geralmente dão no vazio, exceto quando a alma comovida as reveste de nova emoção.

Você fala tranquilamente e só poderia reprovar em você o que haja dito com tanta formalidade que sua carta ia dar em silêncio, como se o soubesse de antemão. Foi uma casualidade que eu me encontrasse ali quando acabava de escrever. Se retardo um pouco minha visita, quando lesse suas apaixonadas palavras talvez já não existiria sobre a terra nem o pó de seus ossos.

Quero que veja o mundo tal qual eu o contemplo: como um grandioso experimento. Até agora os resultados não são muito claros, e confesso que os homens destruíram muito mais do que eu havia presumido. Penso que não seria difícil que acabassem com tudo. E isto, graças a um pouco de liberdade mal empregada.

Você apenas roça em problemas que eu examino a fundo com amargura. Há a dor de todos os homens, a das crianças, a dos animais que se lhes parece tanto em sua pureza. Vejo sofrer crianças e eu gostaria de salvá-las para sempre: evitar que cheguem a ser homens. Mas devo esperar ainda um pouco mais, e espero confiantemente.

Se você tampouco pode suportar a brisa de liberdade que leva consigo, mude a posição da sua alma e seja somente passivo, humilde. Aceite com emoção o que a vida pôs em suas mãos e não experimente os frutos celestes; não venha tão longe.

A respeito da bússola que pede, devo esclarecer-lhe que pus uma para você sabe-se lá onde, e que não posso dar-lhe outra. Lembre que o que eu podia dar-lhe já lhe concedi.

Talvez lhe conviesse repousar em alguma religião. Isto também deixo a seu critério. Eu não posso recomendar nenhuma delas porque sou o menos indicado para fazê-lo. De todos os modos, pense e decida se há dentro de você uma voz profunda que solicite isso.

O que sim o recomendo, e o faço muito amplamente, é que em lugar de ocupar-se em investigações amargas, dedique-se a observar melhor o pequeno cosmos que o rodeia. Registre com cuidado os milagres cotidianos e acolha em seu coração a beleza. Receba suas mensagens inefáveis e traduza-as para sua língua.

Creio que lhe falta atividade e que ainda não penetrou no profundo sentido do trabalho. Deveria buscar alguma ocupação que satisfaça suas necessidades e que deixe somente algumas horas livres para você. Tome isto com a maior atenção, é um conselho que muito lhe convém. Ao final de um dia laborioso as pessoas não costumam ter noites como esta, que por sorte você está acabando de passar profundamente dormido.

Em seu lugar, eu buscaria um emprego de jardineiro ou cultivaria por minha conta um prado de hortaliças. Com as flores que haveria nele, e com as borboletas que irão visitá-las, teria o suficiente para alegrar minha vida.

Se sente muita solidão, busque a companhia de outras almas, e frequente-as, mas não se esqueça de que cada alma está especialmente construída para a solidão.

Eu gostaria de ver outras cartas sobre sua mesa. Escreva-me, se é que renuncia a tratar de coisas desagradáveis. Há tantos temas para falar, que certamente sua vida vai durar para muitos poucos. Tomemos os mais bonitos.

Em vez de assinatura, e para creditar esta carta (não pense que está sonhando), vou lhe oferecer uma coisa: vou manifestar-me a você durante o dia, de um modo que possa facilmente me reconhecer, por exemplo... não, você só, só você haverá de descobri-lo.

OS ALIMENTOS TERRESTRES[1]

"Estou muito sentido pelo descuido que nosso amigo teve com meus alimentos...

É justo que meus alimentos não padeçam nem se choquem com nenhum fracasso ou novidade...

Diga, V.M., que culpa têm meus alimentos, ou que pecado cometeu meu crédito para que não sejam pagos muito pontualmente...?

Os mil reais de meus alimentos, daqui a São Pedro...

Com base nisto, suplico a V.M. que faça com que Pedro Alonso de Baena me envie o pagamento de oito mil e quinhentos reais que se referem aos meses de meus alimentos daqui até o fim deste ano.

Consegui que Don Agustín Fiesco escreva para Pedro Alonso de Baena para dar lugar à correspondência de meus alimentos...

Também suplico que tenha em conta que é bom advertir nosso amigo que seiscentos reais por mês não podem ser alimentos de uma criança da doutrina...

---

[1] Este é o título do livro de André Gide, Les Nourritures terrestres, (Os frutos da terra, em português) ao qual Arreola faz uma alusão. N.T.

Será de grande mercê para eu não me indispor com eles, solicitar meus alimentos de junho pela mesma via...

Não há mulas de retorno para um alimentado...

Pelo amor de Deus V.M. trate da satisfação destes homens e de socorrer-me com os alimentos de julho...

Com quinhentos reais daqui ao fim de dezembro, não pode passar uma formiga, quanto mais quem tem honra...

Amanhã começa janeiro, que dá início ao ano e a meus alimentos...

Suplico que V.M. faça com o amigo a ampliação dos alimentos daqui a outubro...

Pensei que o amigo, com a quaresma, tivesse mudado de condição, como de comida, e vejo que procede ainda pior com estes alimentos que com os outros, pois conjura contra os meus, fazendo-me jejuar inclusive no domingo, que a igreja perdoa...

Os alimentos na escritura deste ano foram poucos, mas na dispensa vão sendo menos, porque não são nada...

É morrer não andar com os alimentos antecipados...

Nem é bom cansar-lhe duas vezes com a mesma coisa que é a que lhe supliquei a V.M. de meus alimentos...

E componhamos estes meus pobres alimentos de maneira que eu possa comer embora nunca jante...

Suplico a V.M. que solucione tudo isto, porque já não me lembro de mim nem dos meus alimentos...

(*Quero mais um chouriço/que no assador arrebente...*)

Eu pereço, e meu crédito ainda mais, se V.M. não me socorre sendo quem é, fazendo que liberem todos meus alimentos...

Desejo saber se meus alimentos têm condição diferente que os dos outros ou se por desventura minha sou mais glorioso que outros homens...

Nosso amigo faz experiências custosas com a minha natureza averiguando sem dúvida o que tenho de santo, pois me deixa em jejum tantos dias...

Meu senhor Dom Francisco: V.M., que tem moinhos sabe que não come o moleiro do ruído das pás, mas do trigo da canoura...

Que culpa tem minha miserável comida, da concorrência do senhor Dom Fernando de Córdoba e Cardona?

E algo mais que bastará para se assegurar do aumento que fizerem a meus alimentos...

Suplico a V.M. que lhe peça por mim, que me faça mercê dos alimentos que hei de ter este ano...

É invenção sua não só para aumentar os alimentos, mas atrasá-los, como faz...

Não me deixe tão impiamente preso a tão miseráveis alimentos...

Em matéria de meus alimentos, sofri todo este tempo com mil necessidades...

Já caminhamos há quatro meses de alimentos sem ter visto um maravedi de todos eles...

Sirva-se mandar que comprem por conta de meus alimentos quatro arrobas de flor de laranjeira seca, digo, da já tostada nos alambiques...

Quanto ao que Vossa Mercê me oferece de não me desamparar nos alimentos, beijo-lhe as mãos tantas vezes como eles têm os maravedis...

Seria razoável que me remetesse nesse contrato o que me cabe dos meus alimentos sem me dar aos poucos...

Eu fico esperando a fiança de meus alimentos...

De meus alimentos restam oitocentos reais, digo, 850, até o fim deste...

Tratei com dom Agostín Fiesco que me dê aqui 2.550 reais que montam o restante de meus alimentos até o fim de agosto, que é hoje, e o mês de setembro, que começa amanhã, de maneira que até o final do dito mês de setembro estou alimentado...

Suplico que V.M. não veja erro nisso, porque vai o crédito e o necessário para o expediente dos alimentos...

Não é muito pedir que me antecipem os alimentos de um mês...

O pagamento não é muito certo, nem a segurança menor que meus alimentos...

V.M. vai me virar às costas e escrever para que Fíesco ainda me negue os alimentos?

Para isso é mister aumentar a provisão de meus alimentos...

Não quis dispensar com três dias de antecipação os alimentos...

Suplico-lhe que me acuda porque não posso pagar de modo algum com tão poucos alimentos...

Beijo as mãos de Vossa Mercê muitas vezes pela antecipação dos alimentos...

Eu suplico a Vossa Mercê que me faça receber os dois meses de alimentos perdidos...

Eu estou pior do que Vossa Mercê me deixou, e tanto, que foi preciso vender um contador de ébano para comer durante estas duas semanas que podem demorar o desengano dos meus alimentos...

Sobre Cristóbal de Heredia, não falta quem me fie o pão, que como com um torresmo de Rute...

Não há luz nem sequer crepúsculo de conforto: noite é o que vivo e, pior, sem ter o que jantar...

Tenho a V.M., com quem estou comendo em um prato; e quem dera fosse assim, porque não estou senão debaixo da mesa de V.M., comendo suas migalhas e pedindo agora que deixe cair ao menos um pedaço de pão...

Se me queixo a Deus e ao mundo, me dirão que sou Don Luis de Góngora em qualquer lugar, e ainda mais em Madri, onde me mandarão dar alimentos bem pagos...

Beijo as mãos de Vossa Mercê porque me alimentam...

Porque 800 reais são magros alimentos para um homem com conta neste lugar...

E porque me encontro na entrada do inverno, sem fio de roupa, antecipados meus alimentos um mês e meio para poder comer..."

DON LUIS DE GÓNGORA Y ARGOTE, *Epistolário.*

UMA REPUTAÇÃO

A cortesia não é meu forte. Nos ônibus costumo dissimular esta carência com a leitura ou o abatimento. Mas hoje me levantei do assento automaticamente, diante de uma mulher que estava de pé, com um vago aspecto de anjo anunciador.

A dama beneficiada por esse rasgo involuntário agradeceu com palavras tão efusivas que atraíram a atenção de dois ou três passageiros. Pouco depois desocupou o assento ao lado, e ao me oferecê-lo com leve e significativo aceno de mão, o anjo teve um belo gesto de alívio. Sentei-me ali com a esperança de que iríamos viajar sem nenhum incômodo.

Mas esse dia me estava destinado, misteriosamente. Subiu no ônibus outra mulher, sem asas aparentes. Uma boa ocasião se apresentava para pôr as coisas em seu lugar; mas não foi aproveitada por mim. Naturalmente eu podia permanecer sentado, destruindo assim o germe de uma falsa reputação. No entanto, débil e sentindo-me já comprometido com minha companheira, apressei-me em levantar, oferecendo com reverência o assento à recém-chegada. Parecia que ninguém lhe havia feito uma homenagem parecida em toda sua vida: levou as coisas ao extremo com suas confusas palavras de reconhecimento.

Desta vez já não foram duas ou três pessoas que aprovaram sorridentes minha cortesia. Pelo menos a metade dos passageiros pôs os olhos em mim, como dizendo: "Eis aqui um cavalheiro." Tive a ideia de abandonar o veículo, mas descartei imediatamente, submetendo-me com honradez à situação, alimentando a esperança de que as coisas parassem aí.

Duas ruas adiante desceu um passageiro. Do outro extremo do ônibus, uma senhora me indicou o assento vazio para eu ocupar. Fez isso somente com um olhar, mas tão incisivamente, que deteve o gesto de um indivíduo que se adiantava; e tão suave, que eu atravessei o caminho com passo vacilante para ocupar naquele assento um lugar de honra. Alguns passageiros masculinos que iam de pé sorriram com desprezo. Eu adivinhei sua inveja, seu ciúme, seu ressentimento e me senti um pouco angustiado. As senhoras, por outro lado, pareciam me proteger com sua efusiva aprovação silenciosa.

Uma nova prova, muito mais importante que as anteriores, aguardava-me na esquina seguinte: subiu ao ônibus uma senhora com duas crianças pequenas. Um anjinho no colo e outro que mal caminhava. Obedecendo à ordem unânime, levantei-me imediatamente e fui ao encontro daquele grupo comovente. A senhora vinha atrapalhada com dois ou três pacotes; passou meia quadra pelo menos, e ela não conseguia abrir sua grande bolsa de mão. Ajudei-a eficazmente em tudo que foi possível, desembaracei-a de bebês e pacotes, negociei com o motorista a isenção de pagamento para as crianças, e a senhora ficou instalada finalmente em meu assento, que a custódia feminina tinha conservado livre de intrusos. Fiquei com a mãozinha da criança maior entre as minhas.

Meu comprometimento com a viagem havia aumentado de maneira decisiva. Todos esperavam de mim qualquer coisa. Eu personificava naqueles momentos os ideais femininos de cavalheirismo e de proteção aos mais fracos. A responsabilidade oprimia meu corpo como uma armadura, e eu sentia falta de uma boa espada na cintura. Porque não deixavam de me ocorrer coisas graves. Por exemplo, se um passageiro ultrapassava os limites com uma dama, coisa nada rara nos ônibus, eu devia repreender o agressor e ainda entrar em combate com ele. Em todo o caso, as senhoras pareciam completamente seguras de minhas reações de Bayardo. Senti-me à beira do drama.

Nisto chegamos à esquina em que eu deveria descer. Olhei minha casa como uma terra prometida. Mas não desci. Incapaz de me mover, a arrancada do ônibus me deu uma ideia do que deve ser uma aventura transatlântica. Pude recobrar-me rapidamente; eu não podia desertar sem mais nem menos, decepcionando as que em mim haviam depositado sua segurança, confiando-me um posto de comando. Além disso, devo confessar que me senti coibido diante da ideia de que minha descida pusesse em liberdade impulsos até então contidos. Se por um lado eu tinha assegurada a maioria feminina, não estava muito tranquilo sobre minha reputação entre os homens. Ao descer, bem poderia estourar em minhas costas a ovação ou a vaia. E não quis correr tal risco. E se aproveitando minha ausência um ressentido dava vazão à sua baixeza? Decidi ficar e descer no último ponto, no terminal, até que todos estivessem a salvo.

As senhoras foram descendo uma a uma em suas esquinas respectivas, com toda a felicidade. O motorista - santo Deus! - parava o veículo junto à calçada, parava-o completamente e esperava que as damas pusessem seus dois pés em terra firme. No último momento via em cada rosto um gesto de simpatia, algo assim como o esboço de uma despedida carinhosa. A senhora das crianças desceu finalmente auxiliada por mim, não sem me presentear um par de beijos infantis que ainda gravitam em meu coração como um remorso.

Desci em uma esquina desolada, quase montaraz, sem pompa nem cerimônia. Em meu espírito havia grandes reservas de heroísmo sem emprego, enquanto o ônibus se distanciava vazio daquele grupo disperso e fortuito que consagrou minha reputação de cavalheiro.

CORRIDO[1]

Há em Zapotlán uma praça chamada Ameca, sabe-se lá por quê. Uma rua larga e de pedras encontra ali o seu fim, quando se divide em duas. Por ali o povoado se confunde com seus campos de milho.

Assim é a pracinha de Ameca, com sua forma oitavada e suas casas de grandes portões. E nela se encontraram uma tarde, há muito tempo, dois rivais de ocasião. Mas houve uma moça entre eles.

A pracinha de Ameca é trânsito de carroças. E as rodas moem a terra dos buracos até deixá-la fininha, fininha. Um pó branco que arde nos olhos, quando o vento sopra. E ali havia até há pouco, uma fonte. Um cano de água com dois tubos finos, com sua válvula de bronze e seu tanque de pedra.

A moça com seu cântaro vermelho foi a primeira a chegar, pela rua larga que se divide em duas. Os rivais caminhavam em sentido oposto a ela, pelas ruas laterais, sem saber que se encontrariam no cruzamento. Eles e a moça, cada um por sua rua, pareciam ir de acordo com o destino.

---
[1] *Corrido*: forma musical – sempre cantada por duas pessoas - e também literária desenvolvida no século XVIII e muito popular até hoje no México. São composições épicas e, normalmente, românticas. N. T.

A moça ia buscar água e abriu a válvula. Nesse momento os dois homens se viram e perceberam que estavam interessados na mesma coisa. Ali se acabou a rua de cada um, e ninguém quis dar um passo adiante. Olharam-se desafiadoramente e nenhum dos dois baixava o olhar.

— Ouça, amigo, você está olhando para mim?
— Olhar é muito natural.

Sem se falarem, parecia que assim se diziam. O olhar estava dizendo tudo. E nada foi dito. Na praça que os vizinhos deixaram deserta de propósito, a coisa ia começar.

O esguicho de água, ao mesmo tempo que ao cântaro, estava enchendo-os de vontade de brigar. A única coisa que incomodava era aquele silêncio tão inteiro. A moça fechou a válvula dando-se conta quando a água já se derramava. Pôs o cântaro no ombro, quase correndo de susto.

Os que a quiseram estavam no último suspense, como os galos ainda sem soltar, fixados um e outro no ponto negro de seus olhos. Ao subir para o outro lado, a moça deu um passo errado e o cântaro e a água ficaram espalhados pelo chão aos pedaços.

Esse foi o sinal. Um com adaga, mas das grandes, e o outro com facão. E se deram facadas, dando às vezes, golpes também com o sarape.

A mancha de água no chão foi tudo que ficou da moça, e ali estavam os dois brigando pelos restos do cântaro. Os dois eram bons, e os dois ficaram inconscientes. Naquela tarde que se ia e se deteve. Os dois ficaram ali de barriga para cima, um degolado e outro com a cabeça partida. Como os bons galos, somente um deles ficou com um pouco de fôlego.

Muitas pessoas vieram depois à noitinha. Mulheres que se puseram a rezar e homens que disseram que iam dar parte à polícia. Um dos mortos ainda conseguiu dizer algo: perguntou se o outro também havia batido as botas.

Depois se soube que houve uma moça no meio. E a do cântaro quebrado ficou com a má fama da disputa. Dizem que nem sequer se casou. Ainda que tivesse ido embora para Jilotlán de los Dolores, aí havia chegado com ela, ou melhor antes dela, sua má fama.

CARTA A UM SAPATEIRO QUE CONSERTOU MAL UNS SAPATOS

Estimado Senhor:

Como lhe paguei tranquilamente o dinheiro que me cobrou por consertar meus sapatos, vai estranhar, sem dúvida, a carta que me vejo obrigado a lhe dirigir.

A princípio não me dei conta do desastre ocorrido. Recebi meus sapatos muito contente, desejando-lhes uma longa vida, satisfeito pela economia que acabava de fazer: por alguns pesos, um novo par de sapatos. (Estas foram precisamente suas palavras e posso repeti-las.)

Mas o meu entusiasmo logo acabou. Chegando em casa examinei detalhadamente meus sapatos. Achei-os um pouco disformes, um tanto duros e ressecados. Não dei maior importância a esta metamorfose. Sou razoável. Uns sapatos refeitos têm algo estranho, oferecem uma nova aparência, quase sempre deprimente.

Aqui é preciso lembrar que meus sapatos não estavam completamente arruinados. O senhor mesmo lhes dedicou frases elogiosas pela qualidade de seus materiais e por sua perfeita confecção. Até colocou em alto nível sua marca de fábrica. Prometeu, em suma, um calçado flamejante.

Pois bem: não pude esperar até o dia seguinte e tirei meus sapatos para comprovar suas promessas. E aqui estou, com os pés doloridos, dirigindo ao senhor esta carta, em lugar de transferir-lhe as palavras violentas que suscitaram meus esforços inúteis. Meus pés não entraram nos sapatos. Como os de todas as outras pessoas, meus pés são feitos de matéria macia e sensível. Estava diante de uns sapatos de ferro. Não sei como nem com que arte o senhor deixou meus sapatos inservíveis. Ali estão num canto, piscando zombeteiramente com suas pontas retorcidas.

Quando todos meus esforços falharam, pus-me a pensar cuidadosamente no trabalho que o senhor havia realizado. Devo informar-lhe que não tenho conhecimento em matéria de calçado. A única coisa que sei é que há sapatos que me fizeram sofrer e outros, ao contrário, que recordo com ternura: de tão suaves e flexíveis que eram.

Os que lhe dei para consertar eram uns sapatos admiráveis que me haviam servido fielmente por muitos meses. Meus pés ficavam neles como peixe na água. Mais que sapatos, pareciam ser parte de meu corpo, uma espécie de capa protetora que dava a meu passo firmeza e segurança. Seu couro era em realidade a minha pele, saudável e resistente. Só que davam já sinais de fadiga. As solas principalmente: uns amplos e profundos desgastes me fizeram ver que os sapatos estavam ficando estranhos para mim, que se acabavam. Quando os levei ao senhor já iam deixar de ver as meias.

Também deveria dizer algo dos saltos: piso defeituosamente, e os saltos mostravam marcas muito claras deste antigo vício que não pude corrigir.

Quis, com espírito ambicioso, prolongar a vida de meus sapatos. Esta ambição não me parece censurável: ao contrário, é sinal de modéstia e implica em certa humildade. Em vez de jogar meus sapatos fora, dispus-me a usá-los durante uma segunda época, menos brilhante e luxuosa que a primeira. Além disso, este costume que nós as pessoas modestas temos de renovar o calçado é, se não me equivoco, o *modus vivendi* das pessoas como o senhor.

Devo dizer que do exame que fiz em seu trabalho de reparação, tirei conclusões muito ruins. Por exemplo, a de que o senhor não ama seu ofício. Se o senhor, deixando de lado todo o ressentimento, vem à minha casa e se põe a contemplar meus sapatos, vai dar-me toda a razão. Veja que costuras: nem um cego podia ter feito tão mal. O couro está cortado com inexplicável descuido: as bordas das solas são irregulares e oferecem perigosas arestas. Com toda segurança, o senhor precisa de fôrmas em sua oficina, pois meus sapatos estão com um aspecto indefinível. Recorde-se, apesar de gastos e tudo o mais conservavam linhas estéticas. E agora...

Mas introduza sua mão dentro deles. Apalpará uma caverna sinistra. O pé terá que se transformar em réptil para entrar. E de repente um obstáculo; algo assim como um cisto de cimento pouco antes de chegar à ponta. É possível? Meus pés, senhor sapateiro, têm forma de pés, são como os seus, se é que o senhor tem extremidades humanas.

Mas já basta. Eu dizia que o senhor não tem amor ao ofício e é certo. É também muito triste para o senhor e perigoso para seus clientes, que por certo não têm dinheiro para esbanjar.

A propósito: não falo movido pelo interesse. Sou pobre, mas não sou mesquinho. Esta carta não pretende receber de volta a quantia que eu paguei por sua obra de destruição. Nada disso. Escrevo simplesmente para encorajá-lo a amar seu próprio trabalho. Conto a tragédia de meus sapatos para infundir-lhe respeito por esse ofício que a vida pôs em suas mãos; por esse ofício que o senhor aprendeu com alegria em um dia de juventude... Perdão; o senhor é ainda jovem. Pelo menos, tem tempo para voltar a começar, se é que já esqueceu como se conserta um sapato.

Fazem-nos falta bons artesãos, que voltem a ser como os de antes, que não trabalhem somente para obter o dinheiro dos clientes, mas para pôr em prática as sagradas leis do trabalho. Essas leis que ficaram imperdoavelmente burladas em meus sapatos.

Gostaria de falar do artesão de meu povoado, que remendou com dedicação e esmero meus sapatos infantis. Mas esta carta não deve catequizar o senhor com exemplos.

Só quero dizer-lhe uma coisa: se o senhor em vez de irritar-se, sente que algo nasce em seu coração e chega como uma repreensão até suas mãos, venha à minha casa e recolha meus sapatos, tente uma segunda operação, e todas as coisas ficarão em seu lugar.

Eu prometo que se meus pés conseguirem entrar nos sapatos, escreverei uma bela carta de gratidão, apresentando-o como homem de palavra e modelo de artesão.

Sou sinceramente seu servidor.